小译林中小学阅读丛书

一千零一夜

郅溥浩等 译

译林出版社

图书在版编目（CIP）数据

一千零一夜 /（ ）佚名著；郅溥浩等译 .—南京：译林出版社，2021.1（2023.3 重印）
（小译林中小学阅读丛书）
ISBN 978-7-5447-8332-3

Ⅰ.①一… Ⅱ.①佚…②郅… Ⅲ.①民间故事－作品集－阿拉伯半岛地区 Ⅳ.①I371.73

中国版本图书馆 CIP 数据核字（2020）第 113083 号

一千零一夜 郅溥浩 等 / 译

总 策 划 葛庆文
责任编辑 冯一兵
装帧设计 韦 枫
责任印制 颜 亮

出版发行 译林出版社
地 址 南京市湖南路 1 号 A 楼
邮 箱 yilin@yilin.com
网 址 www.yilin.com
市场热线 025-86633278
排 版 南京展望文化发展有限公司
印 刷 江苏苏中印刷有限公司
开 本 718 毫米 ×1000 毫米 1/16
印 张 13.75
插 页 4
版 次 2021 年 1 月第 1 版
印 次 2023 年 3 月第 3 次印刷
书 号 ISBN 978-7-5447-8332-3
定 价 28.00 元

名家 名作 名译

小译林

中小学阅读丛书

目 录

译　序

《一千零一夜》(又名《天方夜谭》)是古代阿拉伯的一部文学名著，也是阿拉伯人民贡献给世界文苑的一株闪烁着异彩的奇葩。几个世纪以来，全世界的男女老幼读者几乎无人不晓。它汇集了古代近东、中亚和其他地区诸民族的神话传说、寓言故事，诡谲怪异，神幻莫测，优美动人，扣人心弦，焕发出经久不衰的魅力。高尔基在谈到它时说："在民间文学的宏伟巨著中，《一千零一夜》是最壮丽的一座纪念碑……它表现了东方各民族——阿拉伯人、波斯人、印度人——美丽幻想所具有的豪放的力量。"

本书中的故事从公元八九世纪之交在阿拉伯地区流传，直至16世纪初在埃及定型成书，经历了七八个世纪的漫长过程。实际上，它与中世纪阿拉伯文人文学同步发展，尽管它一直以说书的形式在口头流传。它的故事的最早来源是一部名叫《赫扎尔·艾福萨纳》(即《一千个故事》)的波斯故事集，而这个故事集中的许多故事来源于印度。中世纪的阿拉伯，尤其在阿拔斯王朝时期，政治安定，经济繁荣，文化昌盛。首都巴格达是当时最大的商贸中心，商贾云集，万方辐辏，广大商人和市民阶层兴起。当时，民间艺术（如皮影戏、木偶戏）及街头巷尾以说唱为生的民间艺人应运而生。

《赫扎尔·艾福萨纳》中的故事大都短小、朴直。说书人以其为蓝本，对故事不断进行增删，淘汰，加工，润饰，同时吸收新的传说和故事。10世纪，伊拉克人哲赫舍亚里从说书人那里，从神话、寓言中收集了一千个阿拉伯、波斯、印度、罗马等民族的大小故事，打算编纂一部故事集。他以“一夜”为单位，每夜一个完整的故事。但他只编写到第四百八十夜便去世了。一般认为，这便是《一千零一夜》一书的雏形。

该书的成书过程，是一个对不同地区、不同民族的神话、传说、故事不断吸收和融汇的过程，更重要的是在吸收、融汇的同时，又是在不同时期现实生活的基础上不断再创作、继续产生新故事的过程。其中的重要故事，主要产生于巴格达繁荣时期和后来的埃及时期。本书的产生、发展、定型经历了阿拉伯社会的不同发展时期，深深植根于阿拉伯土壤，因此，其故事不论何种类型，都具有鲜明的阿拉伯和伊斯兰色彩。

该书故事开始，讲古代一位暴君因王后与人私通，心中愤恨，便每夜娶一女子，翌晨即杀死，以此报复。美丽聪慧的宰相女儿山鲁佐德为拯救无辜姐妹，毅然前往王宫，每夜讲故事吸引国王，共讲了一千零一夜，终于使国王感悟。全书故事共二百多个，采用大故事套小故事的形式。全书以夜为单位，每夜可包含若干个小故事，一个大故事也可包含若干夜。不过，在译成中文时，一般都以故事为单位。中国古代曾将阿拉伯国家称作“天方之国”，西方国家也有将该书译作《阿拉伯之夜》，因此，20世纪初，我国有人据西文将该书译作《天方夜谭》，这个译名与《一千零一夜》之名一直同时沿用至今。

山鲁佐德与国王的故事，是该书的开篇章，以后她只在每夜故事的停顿和第二天天亮故事开始时出现，全书结尾时再度出现。她出场次数虽然不多，但其故事却是全书的重要组成部分。如果没有山鲁佐德的故事而只有书中的其他故事，犹如只有珍珠没有串线；反之，如果只有山鲁佐德故事而没有其他故事，则犹如只有串线没有珍珠。只有二者结合，才构成一串晶莹闪亮的珍珠。

该书的时空范围极其广泛，它的故事时而发生在阿拉伯，时而发生在波斯、印度、中国，时而发生在非洲、欧洲。当有精魔、神怪出现时，地区间的距离可以飞行好几个月，天空、陆地、海洋任凭主人公驰骋。由于它时空广泛，含有多民族成分，一位评论家不无调侃地说："《一千零一夜》是14世纪以斯帖王后（古代以色列王后）按释迦牟尼的方式在开罗讲给哈伦·拉希德听的波斯故事。"哈伦·拉希德是阿拉伯历史上的一位开明君主，书中的许多故事里，都有他出现。这只是一种假托，表明人民群众对巴格达繁荣时期的留恋和向往。

《一千零一夜》的故事种类繁多，色彩斑斓。出场人物除各种神魔、精灵外，几乎涉及社会上各个阶层和各种职业，诸如帝王将相、王子公主、商贾渔夫、裁缝僧人、贩夫走卒、工匠艺人、奴隶婢女……无所不有。多数故事具有神话色彩。精魔飞翔于九天万里之上，飞毯驰骋在山壑林莽之间，神灯、神戒指中蹦跳出无所不能的巨怪，陆地居民遨游在神奇的海底世界，波谲云诡，瞬息万变，令人目不暇接。神话，在这里成了表现社会生活的某种特殊艺术手段。透过蒙在故事上的神秘莫测的外衣，可以窥见古代阿拉伯社会生活的种种场景，特别是广大人民群众在其中寄托的美好思想感情和愿望。

该书吸引我们的，首先是它那绚丽多姿、变幻莫测的神奇情节，但这些只是它的外表和形式——虽然这种外表和形式是十分重要的——真正能打动读者的还是它所蕴含的美好内容，而这正是它永不磨灭的精神价值所在。

本书所选故事除《阿拉丁和神灯》由英文译出外，其余故事均由阿拉伯文直接译出。不同译者在书中有的用真主，有的用安拉，因词义相同，故未作改动。本书插图选自英、法、德、波斯等不同文种的图书，虽风格有所不同，却各显特色。

国王山鲁亚尔和宰相女儿山鲁佐德

相传在古代印度和中国之间有一个萨珊王国。国王骁勇无比，手下有一支庞大的军队，宫中朝臣无数。他有两个儿子，都是英勇善战的骑士。长子更加勇猛，继承他统治着广大的国土。他公正廉明，深得百姓的爱戴。他的名字叫山鲁亚尔。他的兄弟名叫沙宰曼，是撒马尔罕的国王。兄弟二人都是开明的君王。在二十年的统治中，国泰民安，政通人和，兄弟俩也自得其乐，别无所求。

一天，国王山鲁亚尔想念弟弟，便派他的宰相前往撒马尔罕，邀弟弟前来一见。宰相奉命前往。宰相一行一路顺利到达撒马尔罕，见了沙宰曼国王，向他转达了山鲁亚尔国王的问候，以及请他到萨珊王国相见的邀请。沙宰曼欣然从命。他打点好行装，安排好随从，并任命宰相为临时执政官，便兴冲冲地准备上路。

这时，他忽然想起有一件东西未带，便返回宫中去取。他刚进入房门，便发现王后躺在床上与一个黑奴紧紧拥抱在一起。霎时间，他眼前一片昏黑。随后他拔出宝剑，将王后和黑奴杀死在床上，然后命令立即起程。他一路晓行夜驻，不久便来到他兄长的国土。

国王山鲁亚尔见兄弟到来十分高兴，命令京城张灯结彩，以示欢迎。山鲁亚尔在兄弟面前兴致勃勃，无所不谈。可沙宰曼心中老想着王后和黑奴的事，闷闷不乐，面色发黄，形容憔悴。兄长见他这样，以为他是因远离了自己的国家，思念自己的臣民所致，便没有去理会他。

过了几天，沙宰曼对山鲁亚尔说："哥哥，我的心受到过伤害。"但他没有告诉他关于王后的事。

山鲁亚尔对弟弟说："我想带你一道出去打猎，也许你能散散心。"但沙宰曼拒绝了兄长的邀请。山鲁亚尔便独自带领人马打猎去了。

沙宰曼一人坐在宫中，从楼上的窗户往下看，下面有一座美丽的花园。正看着，忽见宫门打开，走出二十个女奴和二十个男奴，簇拥着王后——他兄长的妻子，款款前来。王后长得美丽极了。一行人来到喷泉旁停下，坐在一起，互相拥抱、接吻……

沙宰曼见此情景，心中想道："天啊，我的灾难与此相比真是微不足道呀！"从此他心中如释重负，食欲大增，安然度日。

不久兄长山鲁亚尔打猎归来，见兄弟面色红润，食欲旺盛，感到奇怪，便问道："兄弟，前些日子我见你面色憔悴，食欲不振，如今心胸开阔，身体健壮，究竟是怎么回事呢？"

沙宰曼说道："兄长，我可以把我精神不振的原因向你说，可我不能把我精神恢复的原因告诉你。"

山鲁亚尔说道："那你就先告诉我你精神不振、面容憔悴的原因吧。"

沙宰曼说道："兄长，那日你差遣宰相来邀请我与你相见。我做好准备，刚要上路，忽然想起还有一颗珠宝遗忘在宫中，这颗珠宝是我献给你的礼物，于是我便返回去取。刚入房门，就发现我的妻子与一个黑奴抱在一起。我当时怒气冲天，当即拔出宝剑将他俩杀死。就这样，我闷闷不乐地来到你身边。这就是我精神不振、面容憔悴的原因。至于我精神恢复的原因，兄长，恕我不能告诉你。”

山鲁亚尔听后，对兄弟说：“以安拉起誓，你一定要告诉我你精神和体力恢复的原因！”

在兄长的一再要求下，沙宰曼方才把他在这宫中所看到的一切告诉了山鲁亚尔。

山鲁亚尔听后说：“我一定要亲眼看到才相信。”

沙宰曼对山鲁亚尔说：“你假装再出去打猎，然后藏在我这儿，你就可以亲眼看到所发生的一切。”

于是，国王山鲁亚尔命令起程打猎。大队人马浩浩荡荡出城。国王坐在帐篷中，吩咐手下人不许任何人前来见他。他乔装打扮一番，悄悄溜回宫中，藏在他兄弟住的宫楼上，坐在窗户旁，静静地往下看。大约过了一个时辰，只见宫女们簇拥着王后，随着黑奴们来到了花园。果然他们做着兄弟沙宰曼所描述的那种事儿。山鲁亚尔见状，顿时气得眼前发黑，失去理智……

不久他下令把王后、宫女、男奴全都杀死。从此之后，他每天召来一个处女，与她过一夜后，翌晨即将她杀死。就这样一直过了三年，人们感到极大的不安，纷纷带着自己的女儿远走他乡，整个京城中再没有一个女孩子了。

国王仍像往常一样，让宰相为他寻找女孩。宰相寻遍京城，没有发现一个女孩。他闷闷不乐、垂头丧气，同时也是万分担心地回到家中。

宰相有两个女儿，都长得天姿国色，美貌无比。大女儿叫山鲁佐德，二女儿叫敦亚扎德。山鲁佐德精通诗书礼仪，博览过许多历史书籍、帝王传记，对诸民族的史实和掌故没有不熟悉的。据说，她的闺房中藏有上千册各类书籍。这日，她见爹爹满腹心事地回到家中，便问道："爹爹，我见你满面愁容，心事重重，这究竟是怎么一回事儿呢？岂不闻诗人说过：

你对心怀忧愁的人说：
忧愁绝对不会长久；
就像欢乐很快消失一样，
忧愁瞬间也会化为乌有。"

宰相听完女儿一番话后，便从头至尾向她讲述了他与国王之间的事。

山鲁佐德听父亲说完，便对父亲说道："爹爹，请你把我嫁给国王。我或者活下来，或者为拯救同胞姐妹们而献出生命。"

宰相只得把女儿送到国王山鲁亚尔宫中。临行前，山鲁佐德对妹妹说："到了国王那里后，我会派人来叫你。你来了后就对我说：姐姐，给我们讲个好听的故事吧，我们好以此来打发时间。那时我就会给你讲故事，托安拉的福，我们将以此来摆脱那国君的纠缠。"妹妹答应了她的要求。

晚上，国王回到宫殿，山鲁佐德哭了起来。国王问她怎么回事儿，山鲁佐德说道："陛下，我有一个妹妹，现在家中，我想与她告别。"

国王当即命人将山鲁佐德的妹妹敦亚扎德召到王宫与她见面。山鲁佐德见妹妹前来，与她拥抱、亲吻，然后坐在床上。这时，敦亚扎德对山鲁佐德说："姐姐，给我们讲个故事吧，我们好借此打发时间。"

山鲁佐德说："这是个好主意，如果仁慈的国王允许的话。"

此时国王山鲁亚尔心中正十分烦闷，听了姐妹俩的话，感到很高兴。他允许山鲁佐德给他讲故事。

于是，山鲁佐德就开始讲起了一个又一个故事。

郅溥浩　译

渔夫和魔鬼的故事

从前，有一个家境贫寒的老渔夫，要养活老伴儿和三个孩子。他有个习惯，每天打鱼不多不少只撒四网。一日中午，他来到海边，脱下外衣，撒了一网，耐心地等它沉到水底才开始收网。这一网重得很，他怎么拉也拉不上来，只好把网绳拉到岸上，钉了一个桩，把绳拴牢，然后脱光衣服，潜入水下，左揪右拽捣鼓了半天，总算将网拖上了岸。他披上衣服，走近网前一看，原来网住了一头死驴。老人心里十分悲伤，自言自语地说：

"除了万能的安拉能帮我，谁也无能为力。让我用这样的东西养家糊口，真是天下怪事。"

话虽这么说，但想到全家老小要填饱肚皮，渔夫只得继续干活。他费尽力气把驴弄到网外边，将网拧干拾掇好，重新走入海中，嘴里念叨着"老天保佑"，把网撒了出去。等网沉底后，他开始收网，这次感觉比上次还重，他以为捕到了大鱼，连忙把绳子拉到岸上拴好，紧接着脱衣下水，潜入海底，又是一番折腾，好不容易把网拖上岸，一看，网里是一个装满泥沙的大瓦罐。渔夫垂头丧气，非常沮丧。

老渔夫将瓦罐扔到一边，把网拧干择净，向安拉乞求生计后，第三次走入海中。他撒下网，耐着性子等了一会儿，起网看时，只有一堆瓶瓶罐罐，他失望到了极点。

接着，渔夫仰天长叹："老天爷，你行行好吧。你知道我每天只撒四网，这可是最后一次啦！"说罢，他使劲张网撒向大海，等网一到底便往回收，谁想这次还是拉不动，好像网被水下什么东西缠住了。他说了声"算我倒霉"，又脱衣潜入海底，费了半天工夫好歹把网拉了上来。这次倒是与前三次不一样，里面是一个黄铜做的、好像装满东西的大肚细颈瓶，瓶口有铅封，上面有大卫之子所罗门戒指的印记。

老渔夫这回可乐了，心想：这可是个好东西，拿到铜市起码能卖十个金币。他拿起小瓶晃了晃，觉得沉甸甸的很有分量，于是又想：我一定得打开，看看里边有什么，然后再放在口袋里拿到铜市去卖。他掏出一把小刀，好容易才把瓶口的铅封撬开，接着把瓶子放在地上，翻过来掉过去用劲摇晃，希望将里边的东西倒出来。可摇来摇去什么也没见着。老渔夫正纳闷儿，蓦地一股黑烟从瓶口冒出，越来越浓，越来越粗，越来越高，烟柱下端在地面不停地移动，上端直插云霄。渔夫见状惊得目瞪口呆。少时黑烟冒完，聚合成一大团，就听轰隆一声响，黑烟霎时变做一个披头散发、面目狰狞的庞然大物。只见他头顶天，脚踩地，身材奇长无比；脑袋似一圆形屋顶，双手好比大号铁叉，两脚如同巨型帆船；一张土黑色的脸上长着山洞般的嘴巴、岩石般的牙齿、茶壶般的鼻孔和灯笼般的眼睛。

老渔夫何曾见过这等怪物，吓得他两排牙齿直打架，一个劲儿地往下咽口水，浑身筛糠似的哆嗦不止，想拔腿逃掉吧，无奈仨魂儿早已吓丢了俩半，哪儿还分得清东南西北。

魔鬼看见渔夫，先说了句：

"万物非主，唯有我主。所罗门是我主先知。"然后他抬头望天接着说：

“我主的先知啊，请不要杀我。我再不敢违抗您的旨意，再不敢冒犯您的尊严。”

老渔夫听了觉得很奇怪，问道：

“魔鬼啊，您刚才是说所罗门是主的先知吗？所罗门过世已经一千八百年了，如今我们已不是在那个年代了。快说说您的故事和经历，以及您钻进这个小瓶的原因。”

魔鬼没搭他的茬儿，说：

“渔夫，我给你带来一个好消息。”

“什么好消息？”渔夫忙问。

“立刻将你杀死，并且碎尸万段！”

“啊？”渔夫倒吸一口凉气，“这算什么好消息呀，我的魔王。您是何方神圣，为什么要杀死我？难道我把您捞出海底，拿到岸上，放出这个瓶子，就换来一死吗？”

“少啰唆！告诉我你想怎么个死法就行了。”魔鬼说。

“我犯了哪条罪过，让您这样惩罚我？”

“说的也是，为了叫你死得明白，你先听听我的故事。”

“您讲可以，不过最好讲得简单些，我支持不了多久，魂儿都掉到脚那儿去了。”

“你听着，渔夫，我是一个叛教的精怪，违抗了所罗门的旨意，而且顽固不化。他派其宰相召我前去晋见，我极不情愿但又毫无办法，被宰相强行押到他面前。他劝我改邪归正，投在他的门下，我不从，他便叫人拿来这个瓶子，将我关在里面，用铅封口并盖上刻有他大名的印章。之后，他命众神把我扔进大海中央。我一直沉在海底，心想：一百年之内，谁要是救了我，我就让他一辈子荣华富贵。一百年过去了，没人救我。我想：二百年之内，谁要是救了

渔夫和魔鬼的故事

我，我就给他打开大地的宝藏。二百年过去了，没人救我。我又想：三百年之内，谁要是救了我，我就满足他三个愿望。可是三百年过去了，四百年、五百年……整整过了一千八百年，仍不见一个人来救我。我气得发疯，于是赌咒：谁要是这时救了我，我就杀了他，但我会让他自己选择如何死法。而你，恰恰在这时救了我，所以你可以随便选择如何去死。”

听完魔鬼的故事，渔夫心想：真是天大的怪事，不早不晚我怎么偏偏在这时节把它给救了呢，就这么死了也未免太冤枉了。于是他对魔鬼说道：

“您若是免我一死，安拉会对您既往不咎；您若是不杀我，安拉会保您今后逢凶化吉。”

“不行！你现在死到临头，快说想叫我怎么结果你的性命吧。”看来魔鬼铁了心要杀他。

老渔夫此时仍然抱着一线希望，苦苦求道：

“看在我使您重获自由的分上，您就高抬贵手饶我这一次吧。”

“什么？你不提还好，一提我就气不打一处来，我就是因为你救了我才非杀你不可的！”

“万魔之尊啊，我对您有救命之恩，而您却恩将仇报。”

魔鬼才不管这一套，怒吼道：

“你休想让我回心转意，现在你只有死路一条。”

事已至此，老渔夫反倒镇定下来，他略一沉思，心中暗道：我是人类的一员，安拉赋予我聪明才智，以我的智慧和计谋难道斗不过魔鬼的狡猾和诡诈吗？俗话说得好，魔高一尺，道高一丈。我就不信制服不了它。他眉头一皱，计上心来，问那魔鬼：

“看来你是非杀我不可了？”

“没错！”魔鬼斩钉截铁地说。

“以刻在所罗门戒指上的最伟大的名字起誓，”老渔夫从容说道，“我问你一件事，你必须如实回答我。”

魔鬼听到所罗门的大名如雷贯耳，立时战战兢兢乱了方寸，他哆哆嗦嗦地说：

“行，你快问吧，越简单越好。”

“那好，我问你，当初你是如何进入这个瓶子的？它那么小，你这么大，它连你的一只脚或一只手都装不下，更何况你整个身体啦！”

“噢，是这么回事呀，你不相信我原来是装在这个瓶子里的？”

“是的，除非我亲眼所见。”

魔鬼二话不说，摇身变作一团黑烟升到半空中，然后越缩越细，一点儿一点儿地钻进小小的铜瓶中。最后一缕黑烟刚一进去，渔夫一个箭步冲到瓶子旁边，拿起铅封盖子将瓶口严严实实盖住。而后，他冲着瓶子大喊：

“喂，你听见了吗，魔鬼？现在轮到你选择如何死法了，因为我马上就要把你扔回大海。我要在此地建一所房子，把家搬过来，并告诉每个到这里来的人千万不要在这儿张网捕鱼，因为这儿的海底下有一个魔鬼，谁把它捞上来谁就得被它杀死，更可恶的是它还要人家自己选择死法。”

魔鬼一听，自知上了当，恼羞成怒地在瓶内又顶又撞，想要出来，可惜费了九牛二虎之力也无济于事。于是它不得不承认眼前的现实：自己又被有所罗门戒指印记的盖子关在了瓶子里。它成了这个老头儿的囚犯，威风扫地，像一个最卑鄙龌龊、最微不足道的小妖怪。它感到渔夫正拿着瓶子朝大海走去，急忙叫道：

“不！不！”

“不什么不，”渔夫边继续向前走边说，“对你这种不讲情义、翻

DORA
CURTIS. 07.

脸不认人的家伙就得这么办。”

魔鬼顿时没了脾气，口气软了下来：

“你准备把我怎么样啊，渔夫？咱们有话好说嘛。”

“还有什么好说的，你早知今日，何必当初。刚才我三番五次地求你，说你若是免我一死，安拉会对你既往不咎，你若是不杀我，安拉会保你今后逢凶化吉。可你就是不听，一个心眼儿要以怨报德，置我于死地而后快。现在好了，安拉让你的小命儿攥在我的手心里，你当初无情，也就别怪我这会儿无义。我把你扔回大海，你既然在海底已经待了一千八百年，那你就一直待下去，待到世界末日好了。”

葛铁鹰　译

辛巴德航海历险记

辛巴德第一次航海旅行

诸位尊敬的客人，先父生前经商，是一位社会名流和巨商大贾，拥有家资巨万，钱财无数。平生乐善好施，博施济众。家父去世时我还是个小孩子，他给我留下了大量钱财、家产和田产。我长大之后，自己经手管理这些财产，便开始花天酒地地挥霍，终日穿金戴银，喝美酒、食佳肴。同时结交了一帮年轻后生，终日同这帮酒肉朋友厮混在一起。原以为这样的日子会永远不变，便一味地吃喝玩乐，挥霍无度。

过了一段时间，我幡然醒悟，恢复了理智，这才发现自己的钱财已经告罄，我的状况已不复以往。面对这种情况，我不由得大吃一惊。

我这一惊，非同小可，忽然想起了从前听人讲起过的圣人大卫王之子所罗门大帝的明训。他说："世上有三种事情胜过另外三种事情：死亡之日胜过诞生之日；活着的狗胜过死去的狮；坟墓胜过宫殿。"

想到这里，我振作起精神，将家中的家具、服饰和房产以及手中所有的东西悉数变卖，凑足三千迪拉姆，打算前往异国他乡去谋个营生。

我用变卖家产的钱购买了一批货和部分旅行用品，打算从海路出发。于是我乘上船，顺流直下，随一伙商人前往巴士拉。我们在海上航行了几天几夜，经过了一座又一座岛屿，从一处海域来到另一处海域，从一片陆地来到另一片陆地。途中，我们每经一地，便停靠上岸，同当地人进行买卖和易货交易。

我们在大海中继续航行，来到一座岛上，这座岛宛如天堂中的一座花园。船长带我们来到此岛，便将船靠岸，停泊抛锚。搭好浮桥，乘客全部下船，来到岛上。他们支起锅灶，生火做饭，各自忙个不停，有的人做饭，有的人洗浴，还有的人游览岛上那绮丽的风光，我就在那些四处游览的人们中间。

乘客们聚集在一起，吃喝嬉戏。正在这般高兴，突然船长站起身来，对众人高声叫道："各位乘客，赶快上船，动作快一点！把所有东西都丢下，快逃命吧！大家所在的这座岛并不是一座岛，而是浮在海面上的一条大鱼，天长日久，鱼背上积满沙砾，变成一座岛屿的形状，上面长出了树木花草。你们在上面生火煮饭，大鱼受到火烤，感到了烫热，便动了起来，它马上就要带着你们潜入大海，如果不赶快逃命，你们就会全被淹死，赶快逃命吧！"

众乘客闻听，大惊失色，丢下东西和行李，抛下脸盆和锅灶，纷纷上船逃命。有些人已经上了船，有些人还没来得及上船，那座"岛"便活动起来，带着上面的所有东西沉入海底，它们立即被波涛汹涌的大海所吞没。

我是未来得及上船而留在"岛"上的乘客当中的一个，同所有未来得及逃走的乘客一起沉入大海。但是至高无上的主拯救了我，他赐给我一块大木板，才使我绝处逢生，免于一死。那木板原是人

们洗浴所用的浴盆上的一块木板，被风浪打坏后漂在海面上。我用手紧紧抓住它，双腿似船桨那样划着水，海浪冲得我左右摇摆。

船长不顾溺水者的性命，扬帆起航，载着已经上船的乘客走了。我眼巴巴地望着那只船，直到它从我视线中消失。我料定自己此番必死无疑，只好听天由命。

夜晚来临，我紧贴在那块木板上，任由风吹浪打。就这样，我趴在木板上，度过了一天一夜，靠风浪的帮助，我漂到一个高出水面许多的海岛。岛边有许多垂向海面的大树，我抓住了一棵大树上的一根树枝，借助它攀上海岛。这才发现双腿被鱼咬得鲜血淋漓，只因过度伤心和疲惫而毫无感觉。来到岛上，我惊魂未定，便像死人一般昏沉沉地躺在地上，渐渐失去了知觉，昏睡过去，直到第二天才苏醒过来。

翌日天亮，太阳照射在我身上，我这才意识到自己身处岛上，起身一看，发现双腿已经肿胀。面对此情此景，内心不由得十分凄然，我艰难地前行，一会儿往前爬行，一会儿匍匐着向前挪动。岛上有各种各样的水果，还有许多清冽爽口的甘泉。我饿了就吃水果，渴了就喝泉水。就这样过了几天几夜，恢复了精力和体力，行动也渐渐自如，便开始一边在岛上四处走动，观赏至高无上的主所创造的各种树木和花草，一边考虑自己目前的处境。我从树上折下一根树枝，做了一根拐杖，以便行走时借力。

就这样，我又过了数日，直到有一天，我在岛上散步时影影绰绰地看到远方现出一个影子。我以为那是一只野兽或是一头海兽，便朝它走去。走到近处一看，原来是一匹高头大马，被拴在岛边的海滩上。我刚凑近它，它便对我发出一声长嘶，把我吓得直哆嗦。我正想折身返回，忽见一人从地面之下钻出来，对我大声吆喝，他赶上我，对我喝问："你是什么人？从何而来？为何要来到这个地方？"

"先生，我是一个异乡人，乘船在海上航行，船在途中遇难，我和一些人落入大海之中。安拉赐给我一块木板，我攀上去，在海中漂游，最后海浪将我冲到这座岛上。"

那人听罢我这一席话，顿生恻隐之心。他拉住我的手，对我说道："你随我来。"

他带我走进了一条地道，把我领进一个地下大厅，让我坐在大厅中央，然后给我端来一些饭菜。当时我已饿得饥肠辘辘，见他端来饭菜，便狼吞虎咽地吃了起来。吃饱喝足之后，心里舒服了许多。而后，他问起我的情况和遭遇，于是我把自己的故事从头至尾讲给了他听。他听罢之后，大为惊奇。

我讲完自己的故事之后，对他说道："先生，以主起誓，请你原谅，我将自己的真实情况和遭遇已经原原本本地讲给你听，我希望你告诉我你是何人，为何要坐在这地下大厅里，又为何将那匹马拴在海边。"

"要知道，我们一伙人分散住在这座岛上，我们是麦赫赖伽国王的御马师，管理着国王的所有马匹。每当月朗星稀之夜，我们便选一些未怀过孕的良种牝马牵来，拴在岛上。然后我们躲在这个地下大厅里，免得被人看见。雄海马嗅到牝马的气味，便会爬到陆地上来，见四下无人，便上前与牝马交配。它们交配完之后，海马便想将牝马带到海中去。因为牝马被拴在那里，无法挣脱缰绳而随海马一起走，于是海马大怒，对牝马大声嘶叫，用头撞、用脚踢牝马。牝马被海马连撞带踢，疼得嘶叫不止，我们听到牝马嘶鸣，便知道它们已经交配完毕，海马已从牝马背上下来，于是便大声吆喝着跑出来，将海马吓跑，使其逃入大海。牝马怀孕妊娠期满，生下马驹，无论公母，每匹都价值世上的一库银子。这时辰正是海马出现的时候，如蒙至高无上的主许可，待我们办完事之后，我将你带到麦赫赖伽国王那里去，然后带你游览我们国家的风光。要知道，若不是碰上我们，你在此地不会遇到任何人。你会在谁都不知道的情况下抑郁而死，这下我救了你，能够让你回到你的祖国。"我听罢他这一席话，赶忙为他祈祷祝福，感谢他的大恩大德。

正在我们说话的当儿，海马已从海中跃出，来到岛上，它大叫一声，旋即扑到牝马身上交配。交配完之后，它从牝马身上下来，想把牝马带走。因为牝马被拴在那里，走动不得，于是海马大怒，又踢又叫。御马师闻听，手持利剑和盾牌，冲出地下大厅，他边朝前奔跑，边大声呼叫同伴："大家快来呀，快到马这儿来！"他边喊叫边用剑击打盾牌，一伙人手持矛枪，呐喊着前来。海马见状，吓得胆战心惊，慌忙逃走，像水牛一般扎入大海，消失在海水之中。

那位御马师回到地下厅，少时他的伙伴们每人牵着一匹牝马全都到他这里来了，见我在他身边，他们便问起这是怎么回事。于是，我便把自己的故事讲给了他们听。他们围拢过来，摆上宴席，请我同他们一起用餐，我没有客气，便同他们一起吃了起来。吃饱喝足，他们起身上马，带着我前往麦赫赖伽国王的城中。来到城里，他们先去拜见国王，将我的事情禀告于他。少顷，国王召我进去，他们便把我带进宫中，来到国王面前，我向国王问候致意，他也还了礼。国王欢迎我到来，彬彬有礼地向我问候。然后问起我的情况，于是我便把自己所见所闻和所遇到的事情从头至尾都告诉了他。

国王听罢，对我的遭遇颇感诧异。对我说道："孩子啊，以主起誓，你已经平安脱险，若不是你命大，决不会从这些灾难中安然逃脱。"然后，他对我慷慨馈赠，盛情款待，并将我视为知己，对我好言安慰，任命我管理港口，并负责登记过往船只。于是我便成了他手下的一名朝廷命官，他对我慷慨大方，恩宠有加，在各方面都对我关怀备至，赏赐我一套华贵的衣服。我时常为百姓利益向国王进谏，为他出谋划策，深得国王信任。就这样，一直过了很长时间。

那次旅行，我听到过许多奇闻，经历过许多轶事：麦赫赖伽国王下辖的群岛之中有一个独具特色的岛屿，名叫卡比勒岛。听其他岛上的居民和过往的旅客一本正经地告诉我们，岛上通宵都能听到敲锣击鼓的声音。我在海中见过一条长达两百腕尺的大鱼，还见过一条面孔酷似猫头鹰的鱼。那次旅行，我见到许多稀奇古怪的东西，若是给你们细讲，那可就话长了。

每当我到海上去登记过往船只，便会向商人、旅行者和水手们打听巴格达城，希望有人能告诉我有关它的情况，然后我便同他一起前往巴格达，回到我的故乡。但是却没有一个人知道巴格达，也无人晓得谁将前去那里。面对这种情况，我感到非常迷茫，不知如何是好。长年身处异国他乡，我已感到厌倦。在这种万般无奈的情况下，我又心境不爽地过了一段时间。

就这样，我一直在那些群岛上游览，遍赏岛上的珍草异木和瑰丽景色，直到有一天，我像往常那样手拄拐杖，站在海边，只见一艘大船从远方驶来，上面有许多商人。

大船驶进城市的港口，船长落下船帆，靠岸停泊抛锚，然后搭好浮桥，船员们将船上所有的货物全部卸到岸上。他们慢腾腾地卸货，我站在那里为他们登记。我问船长："船上还有其他东西吗？"

"是的，先生。在舱底还有一批货物，但货主却在途中一座岛附近淹死在大海里。他的货物还在我们船上，我们想把他的货物卖掉，将货款送给他在和平之邦——巴格达城中的亲人。"

我问船长："那位货主叫什么名字？"

"他名叫航海家辛巴德，已经淹死在大海之中。"船长答道。

我听他如此说，当下定睛一看，认出了他，遂对他大叫一声，说道："船长啊，你可知道，我就是你方才提到的那位货主。我就是航海家辛巴德！当时我同一伙商人一起下船，登上了那座假岛，在那条巨大的鱼背上漫游。当那条鱼活动起来，你大声叫着要我们上船时，有些人上了船，剩下的人全被海水淹没了。当时我就在那些被海水淹没的人当中，但是至高无上的主却将人们原来洗澡用的大木盆上的一块木板赐给我，使我死里逃生，幸免于难。我爬上那块木板，用双腿做桨，向前划水，靠风浪帮助，来到一座岛上。我上得岛来，又是至高无上的主派麦赫赖伽国王的御马师们将我搭救。我将自己的遭遇讲给了国王听，国王听罢，对我格外施恩，任命我为这座城市的港口管理员，于是，我便开始在国王手下效力。你船上的这批货物是我的，是我的财产。"

船长说道："别无他法，唯有仰仗至高无上的安拉啦！真是世风日下，人心不古，从此世上再无忠信可言。"

"船长，此话怎讲？我已将自己的故事全都告诉了你，你既已听了我的故事，就该相信我才是，怎可口出此言？"

"因为你听我说这里有一批货，货主沉入大海淹死，便想诈取这批货物。你这么做极不道德，我们亲眼看到他同许多乘客一起葬身大海，他们全部罹难，无一幸免。你怎可妄言你自己就是货主呢？"船长忿忿地说道。

"船长啊，请你先听听我的故事，听罢我的话，你才会明白我是诚实的人，谎言是伪善者的标志。"

接着，我又把自己经历的遭遇从头至尾对他讲了一遍：与他一起离开巴格达城，到达那座假岛。登上岛后，那座假岛却突然下沉。同时，我还提起了一些发生在我与他之间的事情。这时，船长和船上的商人们才真的相信我就是货主，他们认出了我，纷纷祝贺我大难不死，死里逃生。他们都对我说："以主起誓，我们都没有想到你会幸免于难。大难不死，必有后福，主定会赐你长寿。"

然后，他们将货物还给我，我见那些货物上赫然写着我的名字，而且货物一件也不短缺。我打开货箱，从中取出一些贵重物品，让水手们替我扛着，随我来到王宫，作为礼物送给国王。我告诉国王，这艘船便是我落水之前乘坐的那艘船，并告诉他，我的货物已经完好无缺地运达，这是从货物中拿出来送给他的礼物。

国王闻听，感到非常惊讶。他见我所说的全是实话，便对我恩宠有加，更是喜爱，赠给我许多东西，作为还礼。而后，我将那批货悉数卖掉，赚了许多钱，又用那钱在市场购买了一批货物和土特产品。

在船上的商人们出发之前，我将自己的货物全都装上船，然后进宫面见国王，感谢他的恩赐和大恩大德，并向他辞行，回国同家人团聚。国王恩准，同我告别，临别前送我许多当地的土特产。

我告别国王，登上船，在至高无上的安拉的恩顾下开始旅行。那些天风和日丽，海面上风平浪静，真是天公作美。依靠运气和天命的帮助，我们昼夜航行，平安到达巴士拉城，然后弃舟上岸，在巴士拉小住了一段时间。此后，我便带着价值连城的货物、土特产品和行李前往和平之都巴格达。

到达巴格达，我急急忙忙地朝我家所在的那条街奔去，快步如飞地回到家中。亲戚朋友们全都前来看望我，我花钱为自己买了用人和侍从，还买了仆人和婢女，然后又花费大量资金，买下许多宅院和田产。接着便广交朋友，日子过得比先父在世时还要红火。这时候，我早已把原来所经受的辛苦和劳累、离乡背井的难处和旅途中的艰险全都忘到脑后，终日沉溺于吃喝玩乐，食必美味佳肴，穿必绫罗绸缎。就这样，尽情享受，不一而足。

这是我的第一次旅行。如蒙至高无上的主允许，明天我将向你们讲述我七次旅行中的第二次旅行……

辛巴德第二次航海旅行

有一天，我突然心血来潮，打算再次外出旅行，因为我向往经商，喜欢周游列国和天下诸岛，顺便挣些钱回来。于是，我拿定主意，从我的积蓄中拿出许多钱，采购了大批货物和许多旅行用品，然后包扎停当，运到海边，见那里正好有一艘崭新的豪华商船准备起航，船上竖着用漂亮的布匹制成的船帆，船上船员水手众多，给养充裕。我将货物装上船，而后便同一帮商人一起登船。

我们当日起程，开始在海上航行，从一处海域驶往另一处海域，从一座岛屿来到另一座岛屿。每在一处停泊，我们便上岸同当地的富商巨贾、达官贵人以及小商小贩进行买卖和易货交易。

我们边走边进行买卖交易，一路顺顺当当。不料天有不测风云，命运将我们抛到一座海岛。这座岛上树木郁郁葱葱，累累果实缀满枝头；遍地奇花异草，百花争奇斗艳，到处弥漫着花草的馨香；岛上百鸟啼啭，声声悦耳；河中流水潺潺，清澈可鉴。虽然这岛上有如此仙景，却不见一丝人烟。

船长将船靠岸停泊，商人和乘客们全都登上岛，观赏岛上的树木、百鸟和绮丽风光。他们齐声赞美万能的独一无二的安拉，惊叹于威力无比的安拉的造化神力。我也同其他人一起来到岛上，坐在树林中一处水清可鉴的山泉旁边。我从船上带下来一些食物，坐在泉边就着甘甜的泉水吃起来。习习微风吹来，我顿感十分惬意，不知不觉中竟酣然入睡。那一觉睡得可真香，我在睡梦中享受着那令人惬意的微风和随风飘来的芳香。不料待我一觉醒来，却见岛上人踪皆无，那艘船已经载着乘客们离去，他们中的众多商人和船员们谁也没想到我仍滞留在岛上。就这样，他们把我孤零零地丢在岛上，扬帆远航了。我左顾右盼，东张西望，却见岛上除去我之外，不见一人。我这一惊非同小可，直惊得肝胆欲裂，大概也因过度伤心和疲惫所致。我孑然一身，一无所有，既无食品，亦无饮料，孤零零地被命运抛在了岛上。我心神不安，身体疲惫，精神沮丧到了极点，几乎对生还已经绝望。

我竭力振作精神，在岛上四处乱逛。由于害怕，我不敢坐在任何地方。后来，我攀上一棵大树，在树上朝四下张望。只见四周除去蓝天、大海、树木、鸟雀、遍布的海岛、若隐若现的礁石与遍地的沙砾之外，什么也没有。而后，我又定睛一看，发现在岛上有一个白色的庞然大物，于是我从树上下来，朝那白色物体所在的方向走去。走啊走啊，一直来到它跟前，原来是一座高耸入云的白色圆形大拱包。我走到近前，围绕它转了一圈，却未见到一个入口。整个拱包光洁如镜，我又无法爬上去，便在我驻足的地方做了标记，然后围着拱包测量它的周长，测得其周长足足有五十步之多。我站在那里绞尽脑汁地苦思冥想，试图找到能够进入拱包里面的办法。此刻，夕阳西坠，眼看白天就要过去，可是我依然没有找到一个良策，不由得十分焦急。忽然，太阳隐去不见了，天色渐渐变暗。见太阳隐去，我下意识地觉得太阳仿佛被蒙上了一层薄雾。时值夏天，出现这种情况十分反常，我不由得感到些许诧异，便仰起头，朝天上观看。只见一只体积庞大、翅膀宽阔的巨鸟正在天空中飞翔，正是它遮住了太阳，使岛屿处于它的阴影之下。我看到那只遮云蔽日的巨鸟，不由得大惊失色，这时我联想起了一个故事。那是我从前听惯常外出旅游的人们讲的：

他们告诉我，在一座岛上，有一只叫做大鹏的巨鸟，用大象喂食雏鸟。想到这里，我恍然大悟，原来那个白色的大拱包是那只大鹏所下的蛋。我不由得对至高无上的安拉的造化能力感到由衷的赞叹。

就在这个时候，只见那只大鹏降落在那个白色大拱包上，用巨大的双翼抱着它孵化。大鹏将双腿向后伸展着地，在那个白色拱包上入睡。须知，世上只有至高无上的主从不睡眠。

我见状，忙从头上解下缠头巾，搓成绳子，扎在自己身上，束在腰间，然后将自己紧紧捆绑在大鹏腿上，心中暗想：但愿这只大鹏能将我带到有人烟的地方，那样要比我孤零零地困在这座孤岛上强千倍。我担心大鹏会在我熟睡时带着我飞走，所以，那夜通宵未敢合眼。

翌日黎明，天色大亮，大鹏从它所孵的蛋上站起身来，一声长鸣，带着我振翅飞上天空，飞到了云端。少顷，它稍微降低了一些高度，从云端降落到地面，在一个高高的山丘上降落。待它落到地面之后，我赶忙动手，战战兢兢地从它腿上解下绳结，然后迅速走开。

大鹏用爪子从地面上抓起一个东西，复又飞上云霄。我定睛一看，原来它从地面上抓走了一条又粗又长的巨蟒。它抓起巨蟒，带着它朝大海飞去。我见状不由得又是大吃一惊。

我在那儿信步走着，发现自己身处一个高巅之上，下面有一道巨大的深谷，深谷旁边是一座巍峨的高山，那山高耸入云，一眼望不到顶，任何人也无法攀登上去。我见状不由得暗暗叫苦，心想，还不如留在那座孤岛上呢，那里要比这荒凉之地好得多。因为岛上有各种水果可食用，有泉水与河水可解渴，而这个地方既无树木可遮阴，又无果实可充饥，更无河水可消渴。别无他法，只有仰仗全知和万能的安拉啦！我真是倒霉透顶，本想脱离险境，谁知竟避坑落井，刚刚摆脱一个灾难，却又落入另一个更大的灾难之中。

我振作起来，在那个谷地向前行走，突然发现谷地的地面全是钻石，就是人们常用来为金属和珠宝钻孔、为器皿和玛瑙打眼的那种钻石，它是一种坚硬无比的宝石，铁器和石头均奈何它不得，除去用铅石能够切割它之外，任何人也甭想切断或粉碎它。

那个谷地里遍地是蟒蛇和毒蛇，每条都像枣椰树那样又粗又长。最大的蛇可将大象一口吞下。不知为何，那些蛇却害怕被大鹏和鹰隼抓去撕个粉碎，所以昼伏夜出。

我身处那个山谷，内心懊悔不迭。心想：天哪，我这不是自己找死吗？夕阳西下，夜幕降临，我在那个山谷里战战兢兢地走着，四下环顾，想寻觅一处安全的地方过夜。因为心中对那些毒蛇和蟒蛇万分恐惧，所以我早把饥渴劳顿忘到脑后，全神贯注地寻找安身之地。我终于发现在离我不远的地方有个山洞，于是便走了过去。来到近前一看，发现洞口很窄，刚想钻进去，却见一块巨石堵在洞口，我用力将它推开，钻进洞中，然后又用它堵住了洞口，将自己堵在了里面。心想：我进了这个地方，这下可安全了。等天亮之后，我便出去，看看运气如何。

少顷，我环顾四周，猛然看见一条正在孵蛋的蟒蛇酣睡在山洞中央。见状，我顿时吓得头发直立，浑身起鸡皮疙瘩。万般无奈，我只好听天由命，随遇而安。那晚，我在山洞里彻夜未眠，直到黎明。

天亮之后，我将堵在洞口的石头挪开，钻出山洞。由于彻夜未眠，再加上忍饥挨饿，担惊受怕，只感到头昏脑涨，像醉汉一样在山谷里蹒跚而行。

就在这般光景，忽听咕咚一声，接着便见一只被屠宰的羊落在我的面前，四周却不见一个人。我甚感诧异，想起从前听一些商人和旅行家们讲过，钻石山山高路险，危险重重，任何人也无法爬上

辛巴达航海历险记

去，但是经营钻石的商人们却想出一个高招，他们把羊牵来，将其屠宰，剥去皮，洒上水，然后从山顶上将它扔到谷底，这样，湿嫩的羊肉便会沾上一些钻石，而后商人们将羊肉丢在谷底半天不管，待鹰隼鹏雕之类的猛禽飞落谷底，用爪子将那羊肉掠起，带至山顶落下，这时商人们便从暗中走出来，对那些猛禽大喊大叫，将它们吓跑。然后商人们跑过去，捡起沾在羊肉上的钻石。他们将羊肉丢下给猛禽和野兽吃，自己则带着得到的钻石回国。不用这种办法，任何人纵有天大的本事也无法得到钻石山下谷底里的钻石。

当我在钻石山下的谷底里看到突然从上边落下来的羊肉，想起了从前听到的这个故事，便马上跑过去，在地上捡了许多钻石，装进衣服的口袋里。而后又在地上捡了很多，装满肚兜和腰带，接着又将缠头巾和胸前胸后塞得满满当当。正在这时，只见又一只大羊落了下来，我便把自己同它拴在一起，然后脸朝上躺下，将它抱在胸前，紧紧抓住。突然之间，它飞离地面，升到半空，原来是一只老鹰俯冲下来，用爪子掠起它，复又飞向空中。我悬挂在它身下，那只鹰带着它与我越飞越高，来到山顶降落，老鹰正打算开膛破肚，美餐一顿，忽听身后一阵高声喊叫，伴随着山顶上敲击木头的声音，它受惊飞走。我赶快将自己从羊身上解下来，浑身上下全是血污，我站在那只死羊旁边，只见那位方才冲着老鹰大喊大叫的商人急忙趋至死羊跟前，见我站在那里，浑身上下一副骇人的形象，早吓得魂不附体，浑身战栗不止，哪里还敢同我讲话。他径直走到死羊跟前，将它翻来覆去地细细查看，什么也没找到，遂大声叫道：“真让我失望！毫无办法，唯有仰仗安拉啦。求主庇护我们免受魔鬼的伤害。”

他懊悔不迭，无可奈何地拍着巴掌，神情沮丧地叹道：“真让人伤心啊，怎么会是这样呢？”

我走到他跟前，未等我开口，他先问道：“你是谁？为何要到这里来？”

我答道：“你莫怕，我是人，而且是好人。我原是一名商人，我的经历曲折，故事离奇，来到这座山上和这道山谷的原因更是令人奇怪。你不要害怕，你会从我这儿得到令你高兴的东西。我有许多钻石，我将送给你数量可观的钻石。我手中任何一颗钻石都会比你想得到的任何东西都要好，所以你不用着急，也不用害怕。”

那时节，商人满怀感激地谢我，为我祈祷祝福，而后便同我交谈起来。其他商人都向山谷里抛了屠宰后的羊，听到我同他们的伙伴说话，便都一起走拢过来。他们来到我们面前之后，向我们问候致意，祝贺我平安脱险，然后带着我一起离开山顶。我将自己旅途中的经历和遭遇全部告诉了他们，还对他们说明了自己来此地的原因。而后，我拿出许多钻石，送给那位死羊的主人，因为我曾悬挂在他的死羊下面才得以逃出钻石谷。那商人欢天喜地，为我祈祷祝福，对我千恩万谢。众商人齐说：“以主起誓，你真是福大命大造化大。大难不死，必有后福，这等于你又活了一次。以前从来没有任何人从那个地方逃出来过。感谢安拉使你平安脱险。”

当夜，他们便在一个既安全又幽雅的地方过夜，我也同他们住在一起。想到自己从遍地是毒蛇和蟒蛇的钻石谷安然脱险，来到有人烟的地区，内心感到无比快慰。

翌日天亮，我们起床后，沿着崎岖的山路向前行走。一路上，看到许多蛇。我们走啊走啊，来到一座美丽的海岛中的一个花园，花园中生长着樟脑树，每棵树下都有一片可供一个人纳凉的树荫。如果有人想取樟脑，只要用一个长东西在树上方捅个洞，然后用器皿在底下接着从树洞中流出的汁液即可。樟脑水从洞口中流出，凝结成蜡状，这就是樟脑。此后，那棵树便会干枯，化为柴薪。

在那座岛上，有一种野兽，名叫犀牛，它就像我们国家中的黄牛和水牛那样以吃草为生，但它的块头比骆驼还大，它以青草为食，是一种性情凶猛的动物，头顶正中长着一只很粗的独角，体长约有十腕尺，形状有些像人。此外，岛上还有一些黄牛。

海员、旅客和遍游天下名山大川的旅行家们都说，这种被人们称为犀牛的野兽，会用它的独角将身高体壮的大象挑起来，头顶着大象在岛上和海边吃草或玩耍，而它自己却浑然不觉，似乎并不感到大象的存在。大象被它用角挑死，经炎热的太阳一晒，身上的油脂便会流到犀牛头上，从它头上又会流进它的双眼，于是它的双眼便会被大象身上流下的油脂糊住，变得目不能视，形同瞎子，只好躺在海边，往往在这时大鹏飞来，用爪子将它攫起，将它带到雏鹏跟前，用它的皮肉和角喂食雏鹏。我在那座岛上还看到无数的水牛，其种类却与我们寻常所见的水牛大不一样。

在那山谷里有许许多多的钻石，我逃离那里时，在地上捡了许多，装在衣袋里，那些商人用他们的货物和土特产品同我交换，他们帮我运载那些货物，给我迪拉姆和第纳尔。我同他们一路行走，周游列国，尽览天下美景和安拉所创造的一切。我们从一道山谷来到另一道山谷，从一座城市来到另一座城市，沿途一路进行买卖交易，最后来到巴士拉城，在那里小住几日，然后回到巴格达。

我久别归来，回到和平之都——巴格达。我进了巴格达城，便径直朝自家所在的街区走去。我带回了许多钻石和大量钱财，亲戚朋友闻讯全来探望，于是我对所有亲戚朋友都给予了慷慨馈赠。从此我便成了家财万贯、富比王侯的富翁，终日喝美酒，食佳肴，穿绫罗绸缎，过着花天酒地的生活，沉溺于交际应酬，吃喝玩乐，忘记了自己旅途中的艰辛。

就这样，我一直过着快活的日子，心情舒畅，尽情吃喝玩乐，声色犬马，不一而足。凡是有人听说我外出归来，便会前来探望，向我打听旅途中的情况和沿途各国的风土人情，我便将途中所遇到的艰难险阻一五一十地讲给他们听。他们听罢，对我所遇到的惊险都感到万分惊诧，并祝贺我平安归来。

这就是我第二次旅行所遇到的一切。如蒙安拉允许，明天我将对你们讲述我第三次旅行的情况。

辛巴德第三次航海旅行

我第二次航海归来，兴高采烈，心情格外舒畅。经历千难万险，平安归来，焉能不高兴？正像我昨天同你们所说的那样，我第二次航海满载而归，带回来大量钱财，安拉对我失去的东西给予了充分的补偿。我心满意足，逍遥自在地在巴格达住了一段时间，接着便又想外出旅行散心。我渴望那种买卖经商、赚钱获利的生活。人的内心是邪恶的标志，于是我决意要外出经商，便采购了大量适宜海上运输的货物，捆扎起来，然后将这些货物从巴格达运到巴士拉。来到海边，见那里正好有一艘大船准备起航，船上有许多商人和乘客，全是正派之人，其中有待人和气的水手，也有一心向善的教民，我同他们一起上了那条船。乘客们向至高无上的主祈祷，求主保佑一路平安。商船在一片祈祷声中扬帆起航。

我们一路航行，从一处海域驶向另一处海域，从一座岛屿驶向另一座岛屿，从一座城市来到另一座城市，每到一地，我们都观光游览，进行买卖交易。一路上，大家高高兴兴，喜气洋洋。直到这天，我们航行在波涛汹涌的大海上，船长站在船舷，注视着茫茫的海面。突然，他用手掌抽打自己的嘴巴，接着落帆抛锚，急得直揪自己的胡子，撕扯自己的衣服，继而大叫一声。我们忙问："船长，你这是怎么啦?”他回答说:“各位乘客，海风将我们的船刮到了大海中间，命运将我们抛到了猴山。此山从未有人去过，也从未有人能够从此山安然逃脱。”当下我一听，便预感到此番凶多吉少，说不定众人将会全部命丧此地。

船长话音未落，只见成群结队的猴子朝我们跑来，将船团团围住。它们如同飞蝗一般，密密麻麻地站满了船舷和海滩。我们担心若是有谁打死一只猴子或是驱赶它，它们便会因为猴多势众而将我们统统咬死，因为好汉敌不过人多。我们站在那里，战战兢兢，生怕它们将我们的干粮和行李掠去。它们是最卑鄙无耻的野兽，有着狮子般的铁石心肠。它们看人的目光令人心悸，无人明白它们的言语，也无人清楚它们的打算。它们是一群与人为敌的野兽，天生的小眼睛，黑面孔，身材矮小，身长约为四拃。

猴子们爬上缆绳，用牙齿将它咬断，然后又将船上所有的绳子都咬断。船被风一吹，向岸边倾斜，最后搁浅在猴山。于是，猴子们将船上所有的商人和乘客统统押到岛上，然后将船上所有的东西抢掠一空，统统带走。

我们在岛上采摘树上的各种干鲜水果，就着河水果腹。正在觅食行走之间，只见岛中间一座房子赫然出现在我们面前。

我们朝那座房子走去，却见它原来是一座宏伟的宫殿，四周有高高的围墙，门口有两扇洞开着的紫檀木大门。我们走进宫殿大门，发现里面有一个像围场那样宽广的马厩，周围有许多门，中央有一张高高的大石台，石台上面有一个大火炉，火炉上摆放着许多烹调用具，旁边有许多骨头，却不见一个人影。我们见状，颇感惊奇，于是便坐在那宫中的马厩中稍事休息，此后便在那里睡着了，从中午一直睡到日落西山。

突然之间，地动山摇，只听得半空中传来一声震天动地的吼叫，接着便见一个似人非人的庞然大物从宫殿顶上降落下来。只见它皮肤黝黑，身材伟岸，宛如一棵粗大的枣椰树，双眼如同两把火炬，满口生着野猪般的獠牙，井口般的血盆大口，骆驼唇似的厚嘴唇，下唇垂到胸前，双耳如毯，垂到肩头，双手指甲利如兽爪。

我们见它这副凶恶的相貌，全都吓得惊恐万状，目瞪口呆。由于过度惊吓，个个都像死人那样，呆呆地站在那里一动不动。

我和其他旅伴们见到那个面目狰狞的庞然大物，全都吓得魂飞魄散。它从宫殿顶上降落到地面，在大石台上稍坐片刻，便起身来到我们面前，伸手将我从同伴们中间抓过来，用手拎着，翻来覆去地掂量，我在它手中仿佛就是它的一小口食物。它就像屠夫掂量被屠宰的羊一般掂量着我，见我浑身上下骨瘦如柴，又由于受到极度惊吓而身体虚弱，再加上旅途疲劳而显得十分憔悴，浑身上下没有多少肉，便松手将我放下。然后抓过另一个同伴，就像方才掂量我那样，拎着他翻来覆去地掂量了一番，而后又放开他。就这样，它挨个掂量，最后拎起了船长……

完事之后它坐下稍事休息，便躺在石台上睡着了。片刻之后，便发出如雷的鼾声，那鼾声类似羊或其他牲口被屠宰前发出的哀鸣。它这一觉睡到天亮，醒来后便起身出去了。当我们确认它已经出去，便开始议论纷纷，为我们那岌岌可危的生命而哭泣。大家都说，与其这么放在火上被烤死，还不如我们淹死在大海里或者被猴子们吃掉好呢。主啊，这种死法太残忍啦。我们这样悲惨地死去，却无人知道。到了这个倒霉的地方，简直没有一线生还的希望。

我们挣扎着站起身，走出宫殿，来到岛上，寻找隐身之地和逃跑的路线。只要不被烈火活活烧死，死亡对我们来说已经无所谓了。我们在岛上找了半天，也未找到一处藏身之地。眼见天色已黑，我们有心想在外面露宿，只是内心惶恐不安，只好又回到宫殿。我们刚坐下，便听得地动山摇，那个黝黑的庞然大物又来了。它来到我们面前，又像第一次那样把我们挨个拎起来掂量，看中我们之中的一个人，便将他抓过来……之后它倒头便睡，不久便鼾声如雷，喉咙里发出类似将要被屠宰的牛羊发出的哀鸣。天亮之后，它又像此前那样，把我们丢在那里，自己出去了。我们聚集在一起，议论纷纷，大家都说，以主起誓，即使我们投身大海淹死，也胜过被放在火上烧死，因为这种死法实在是惨不忍睹。其中一个人说道："诸位听我一言，我们设计杀死它，以免受其祸害，也为天下的穆斯林绝除后患。"

我对大家说道："诸位兄弟，请听我说，假如我们要想杀死它，必须先把这些木头运出去，再搬些干柴，造一只似船那样的木舟。然后我们再想法杀死它，乘上木舟，到海上安拉所愿意的任何地方去，或者我们在此地坐等轮船经过，搭船离开此地。倘若我们未能将它杀死，也可以乘船逃到海上，即使落入大海淹死，也比被放在火上烧死然后任人宰割要强千倍。逃得了便逃，逃不了落入大海淹死，我们也算烈士，死得其所。"

大家齐道："以主起誓，这是一个好主意，是一个明智之举。我们大家都赞成。"于是，我们便开始实施：先把木头搬到宫殿外面，造了一只木船，然后将它拴在海边，又往里面存放了一些食品。做完这一切后，我们又返回了宫殿。

入夜时分，突然一阵地动山摇，那个黝黑的庞然大物像一只惯于咬人的疯狗又来到了这里，然后又把我们挨个拎起来掂量，最后看中我们其中一个人，便把他抓过去，像对待前两个人那样如法炮制。

那个黝黑的庞然大物吃掉我们那位伙伴之后，便在石台上睡去。片刻之后，便鼾声如雷。我们悄悄起身，拿过两根竖在那里的铁钎，放到熊熊燃烧的火上烧，直烧得红如炭火。我们紧紧握着两根铁钎，来到鼾声如雷的庞然大物面前，趁它熟睡之机，对准它的双眼，大家一起用力狠狠戳了下去，那两根铁钎深深地戳进它的双眼。它双眼登时便瞎了，遂大叫一声，震天动地，吓得我们胆战心惊。

那庞然大物强忍着剧痛，从石台上站起来，四下摸索我们，我们则左闪右躲，它眼睛已瞎，看不见我们。但我们却惊恐万状，当时料定在劫难逃，此番必死无疑，对逃脱已经绝望。不料，那庞然大物却朝大门走去，摸摸索索地出了大门，一阵狂吼，把我们脚下的地面震得发抖。我们见状，全都吓破了胆。

它出了宫殿，绕来绕去，越绕离我们越远，最后渐渐远去。少顷，它带着一个雌性的庞然大物又返回来了。那雌性庞然大物比它块头还大，也比它更野蛮。当我们见它返身回来，还带来一个比它更凶恶的同伴，不由得心惊胆战。我们刚一看见它们露面，便马上站起来，奔跑到海边，解开我们拴在那里的木船，推入海中，然后迅速跳上船，奋力划动。那两个庞然大物每个拿着一块巨石，见我们上船逃跑，便用巨石朝我们打来。我们之中绝大多数人都被它们的巨石砸死了，只剩下我同另外两个人侥幸逃脱。最后木船载着我们来到一座海岛，于是我们弃船上岸。

我们在岛上走啊走啊，一直走到太阳落山。这时，夜幕已经开始降临，我们饥饿难当，又累又乏，便躺在地上休息，于是就这样睡着了。睡了没有多长时间，我们从睡梦中惊醒，突然发现一条又粗又长的巨蟒将我们围在中间，只见它体形庞大，腹大无比。突然它朝我们之中的一个人袭来，一口便生生将他连头带肩吞进去，其状惨不忍睹。那巨蟒吞掉我们一个伙伴后便离去了。我们目睹了这一惨状，吓得魂飞魄散。既为我们难以自保的生命而焦心，又为失去同伴而悲伤。心中暗想，天哪，这事情太离奇古怪啦，每一种死法都比前一种死法更为惨烈。我们刚刚庆幸自己摆脱了那个黝黑的庞然大物的魔爪，还没高兴完，又遇上了这条狠毒的巨蟒。主啊，为什么我们的劫难总是一个接着一个地来，一点喘息的时间都不给我们留下？为什么让我们承受这么多同伴死去的哀伤？唉，主啊，我们该怎样摆脱面前这场灾难呢？

我们站起身来，在岛上无精打采地行走着，饿了便吃树上的果实，渴了便喝小河中的流水，就这样一直挨到天黑。看到附近有一棵很高的大树，便攀了上去，打算在树上过夜。我比同伴攀得更高些，伏在一根又粗又大的树枝上。

夜幕降临，天地间一片黑暗，那条巨蟒又来了，它左右环顾，而后径直朝我们所在的那棵大树爬过来，它爬到树上，来到我的同伴跟前，一口将他连头带肩吞了下去，然后在树上缠绕，这一切都是我亲眼所见。蟒蛇吞吃了我的同伴之后，便爬下树，扬长而去。那一夜，我就吓得趴在树上，一动也不敢动。

翌日早晨，直待天色大亮，我这才像被吓死的僵尸一般，战战兢兢地溜下树来。我本打算投海自尽，彻底摆脱世间的苦难，但我的生命却不容许我对它如此轻慢，因为生命是宝贵的。于是，我找来一些宽木板，横着绑在脚上一块，然后在胸前背后和左右两胁分别竖着绑上一块，末了又像在脚上那样，在头顶上横着绑上一块又宽又长的厚木板。这样，我整个人便置身于木板中间，那些木板从四面环绕着我。我将那些木板捆牢，然后便整个地躺在地上，我睡在那些木板中间，宛如睡在笼子里一样。

入夜，那条蟒蛇又像往常那样来了。它望见我，便朝我爬来。但我置身于木板之中，四周有厚厚的木板环绕，它围着我转来转去，却无法接近我。我被吓得像死人一般，瞪大眼睛看着它。那蟒蛇一会儿离我而去，一会儿又折身返回。如此这般，反反复复。每当它欲接近我，将我吞掉，那些紧紧绑在我身上的木板便将它挡住。这样，从日落一直相持到黎明。天亮之后，太阳升起，那蟒蛇这才悻悻离去。

蟒蛇走后，我伸手解开紧紧捆在身上的那些木板。被那条可恶的蟒蛇折腾了一夜，早已吓得要死。我强撑着站起身来，向前走去，一直走到岛的尽头。我朝海面上望去，只见远方有一只船正在波涛汹涌的大海中破浪行进。我赶忙抄起一根大树枝，一边对船上的人大声喊叫，一边朝他们挥舞着树枝。

他们看到我这边的动静，都说："我们一定要看看那到底是什么，说不定那是人。"他们将船驶近我，听到了我对他们的呼叫声，便来到我身边，将我搭救到船上，询问我的来历。我便将我的遭遇和遇到的惊险从头至尾讲给了他们听。他们听罢，大为惊讶。而后，他们给我拿来衣服，让我穿上遮体。

接着，他们给我拿来一些干粮，我便狼吞虎咽地大吃起来。吃饱之后，他们又给我端来清凉的淡水，喝下之后，精神为之一爽，心情无比舒畅。吃饱喝足之后，我在船上安然将息了一段时间，精力恢复如前。是至高无上的主给了我第二次生命，于是，我赞美至高无上的安拉，感激他赐予我的浩荡洪恩。

我原来以为自己此番必死无疑，却蒙安拉暗佑，死里逃生。如今精力和体力恢复如初，而我却不敢相信这一切是真的，仿佛觉得自己身处梦中。我们继续在海上航行，托至高无上的安拉之福，我们一路顺风，来到一座名叫塞拉希塔的海岛，船长便在岛边停船靠岸。

所有的商人全都下船，登上海岛。船长望着我说道："你听我说句话，你是一个身无分文、穷困潦倒的异乡人，你告诉我们你经受了许多大难，我的意思是想帮你一把，助你回到家乡，好让你为我祈祷祝福。”

当下我便回答他说:“悉听吩咐。我将会铭记您的大恩大德，为您祈祷祝福。”

于是，他对我说:“原来有一位乘客，我们丢失了他，现在也不知他是死是活，我们一直没有听到他的消息。我想由我来为你支付搬运费，你在这座岛上贩卖这些货物，并负责保管，然后我给你一些辛苦费，剩下的钱我们带回巴格达城，打听他的亲属，将卖得的钱交给他们。你愿意承接这些货，将它带到岛上去，像其他商人那样去叫卖吗?”

我答道:“先生，悉听您的吩咐。我将终生不忘您的大恩大德，为您祈祷祝福。”

我谢过船长，他当即吩咐搬运夫和水手们将那批货搬到岛上，交给我去处理。

船上的记账员说道:“船长啊，水手和搬运夫们搬出的这批货我记在哪位商人的名下?”

船长答道:“你就记在原来同我们在一起、后来在海岛附近溺水、至今音信皆无的航海家辛巴德名下好啦。我想让这个异乡人将这批货卖掉，卖得的货款，给这异乡人一些辛苦费，剩下的钱我们带回巴格达城，如果我们找到他，就将钱直接交给他。若是我们找不到他，就将钱交给他在巴格达的亲属。”

记账员说道:“此言不差，这是个好主意。”

我听船长说话中提到这批货记在我的名下，心想:天哪，我就是航海家辛巴德，我就是在那座岛……

当时我硬挺着没有说话，等商人全都上船，聚集在一起，谈论和回忆买卖交易的时光，我走到船长面前，对他说道:“船长啊，你可知道你让我代卖的这批货的主人情况如何吗?”

船长答道："我一点儿也不知道，但他是巴格达人，名叫航海家辛巴德，途中我们在一个海岛停泊，许多乘客落入海中，他同他们一起失踪了，至今没有他的消息。"

船长说到这里，我大叫一声，对他说道："一路平安的船长啊，要知道，我就是航海家辛巴德，我并没有被淹死。当时，你在岛边停泊抛锚，商人和乘客们全都上了岛，我也随大家一起上了岛，我随身带了一些食物，便在岛上吃起来。我优哉游哉地坐在那里，怡然自得，好不自在。不知不觉间，一阵困意袭来，我在那里睡着了，陷入深深的梦乡。待我醒来，不见了船，四周一个人影也没有。这些钱财是我的钱财，这些货物也是我的货物。在钻石山上，所有贩运钻石的商人都见过我，他们可以证明我就是航海家辛巴德。"

而后，我又将自己的遭遇，将自己在船上同他们发生的事情讲了一遍，对他们说：是你们将我忘记在岛上，当时我睡着了，待我醒来，四周不见一人，后来遇到了那些凶险的经历。

商人和乘客们听了我这番话，全都聚集到我身边，有人相信，有人怀疑。正在这般光景，一位商人听到我提起钻石山和钻石谷，站起来走到我跟前，对众人说道："诸位，请听我一言。过去我对你们讲起我在旅途中遇到的最离奇的故事，告诉你们说我曾与同伴们站在山顶，往钻石谷里投掷被屠宰的羊，那天我像往常那样，将我的死羊扔进钻石谷，待到老鹰将死羊攫到山顶，我却发现有一个人附在死羊身下随死羊来到山顶。你们当时全都不信，说我撒谎欺骗你们。"

众人答道："不错，你对我们讲过这件事，我们没有相信你的话。"

那商人说道："这位就是附在我那只死羊下边被老鹰攫到山顶的那个人。他曾送给我一些绝无仅有的昂贵钻石，补偿了我的损失，比我的死羊身上应该粘到的钻石数量还要多。我邀请他陪同我去了巴士拉城，此后他便回到家乡去。我们与他告别之后便也返回国内。就是他，他告诉我们他名叫航海家辛巴德，并告诉我们船已开走，他因为睡着了，所以留在了岛上。你们要知道，他今天到我们这里来，就是要让你们相信我对你们所讲的话千真万确。这些货物全是他的谋生之本，此话是他与我们初次相遇时所讲，由此说来，他的话忠实可信。”

船长听罢那商人这番话，还不放心，他心生一计，来到我面前，目不转睛地盯了我好长时间，而后问我：“你的货物有何标记？”

我告诉他有什么什么标记，然后又对他提起了当时我在巴士拉同他一起上船的情景，以及我与他之间发生的事情，他这才确信我就是航海家辛巴德，上前同我拥抱，向我问候致意，祝贺我平安回到船上。他对我说道：“先生，你的故事委实离奇，简直令人不可思议。感谢安拉，使我们重新相聚，将你的货物和钱财物归原主。”

当下我便轻车熟路地开始料理那批货。那次旅行，我那批货赚了许多钱，我为此乐不可支，欢庆平安归来，失去的钱财又回到手中。我们在沿途各个岛屿一路进行买卖交易，最后来到信德巴德地区，在那里，我们也照常进行了买卖交易。我在那海上见到无数奇形怪状的东西，比如我在海上看到一条状似黄牛的鱼和一种形状似毛驴的水兽，还见到一种从贝壳里飞出来的鸟，它在海面上下蛋孵雏，从来不会飞离海面到陆地上来。

蒙至高无上的安拉的许可，我们继续在海上旅行。天公作美，我们一路顺风行舟，不日来到巴士拉。我在巴士拉小住几日，然后前往巴格达。

进了巴格达，我径直朝我家所在的街区奔去。走进家门，见到亲友一一向他们问好。平安归来，回到祖国，见到亲人，见到生我养我的城市和故乡，我心花怒放。我向孤儿和寡妇们大量施舍与馈赠，还给他们置买了衣服。我将同伴和朋友们邀到一起，吃喝玩乐，尽情享受。

就这样，我终日和朋友们吃喝玩乐，喝美酒，食佳肴，醉心享受，同时，还广为交际，滥交朋友，将旅途中遇到的所有艰险和经历的所有苦难统统忘到脑后。因为这次旅行，我赚了数不胜数的钱财。

这就是我此次旅行亲眼见到和亲身经历的最离奇的故事。如蒙至高无上的主允许，明天你们再到我这里来，听我对你们讲述第四次旅行的故事。

辛巴德第四次航海旅行

诸位兄弟，我回到巴格达，与伙伴和朋友们聚集在一起，心情无比高兴、愉悦和舒畅，由于自己钱财无数，富比王侯，所以早将旅途中落难时节的遭遇统统忘到脑后。我终日沉溺于吃喝玩乐，与一帮酒肉朋友厮混在一起，过着最奢侈豪华的生活。过了一段时间，我那不安分的野心又怂恿我外出旅行，我内心渴望结交异邦朋友，向往买卖赚钱的生活。我主意已定，便置办了一批适宜海上运输的贵重货物，异乎寻常地打成许多包，从巴格达运到巴士拉，在那里将货物装上船。然后我由巴士拉的一大帮富商巨贾陪同，登船开始旅行。商船在一片祈求安拉保佑的祈祷声中驶出港口，开始在波涛汹涌的大海中航行。天公作美，我们一路顺风行船，倒也平安无事。

我们就这样一连航行了几天几夜，从一座岛屿来到另一座岛屿，从一片大海进入另一片大海。直到有一天，我们遇到了变向风，船长便下令抛锚，让船停泊在大海中间，免得它沉没。

面对这种处境，我们只好一起祈祷，祈求至高无上的主保佑。突然，一阵飓风刮来，将船帆撕得粉碎，船上的人以及他们的所有货物、行李和钱财全都沉入大海之中，我也同其他人一道落水，然后在大海中漂浮了半天。本来我已经放弃了求生的努力，但是至高无上的安拉却赐给我一块船板，于是我便同一帮商人爬了上去。

我们全都攀上木板，齐心合力，用脚做桨划水，靠风浪的帮助，我们就这样在海上漂泊了一天一夜。

翌日天亮，海上起了大风，大海变得波涛汹涌，狂风巨浪将我们抛到一座海岛。由于疲顿和熬夜，再加上饥寒交迫，连惊带怕，又喝不上水，当我们爬上海岛时，个个像死人一般。上岛以后，我们在岛上四处游逛，发现岛上有许多植物，便采食了一些充饥。那晚，我们就睡在了岛上。

翌日天明，晨曦露出，我们起身在岛上四处走动，发现远处有一幢楼房，我们便朝它走去。走了很长时间，终于来到那座楼房跟前，在门前站住。

就在这当儿，打从里边走出一群赤身裸体的人，他们不由分说，便将我们全部抓住，带到他们的国王面前。国王命我们坐下，然后命手下给我们端来饭菜，那种饭菜我们一辈子既没吃过，也没见过。同伴们全都吃了起来，唯独我对它不感兴趣，所以没有吃。正因为这样，我才活到现在。这一切全赖至高无上的主对我格外恩顾。

我那些同伴吃了那些饭菜之后，顿时情况大变：一个个精神错乱，神志不清，变得像白痴一样，只顾埋头傻吃。接着，那群赤身裸体的人又端来椰子油给他们喝，而后又用椰子油涂满他们全身。我那些同伴喝了椰子油，顿时变得目光迷离，别无他顾，一门心思只顾闷头傻吃，那狼吞虎咽之状与他们平日斯斯文文的吃相大相径庭。

看到同伴们这副模样，我惊恐万状，既为他们感到万分痛惜，也对自己的命运忧心忡忡，不由得对那些赤身裸体的野蛮人万分恐惧。我仔细观察之后，发现那群人原来是一帮拜火教徒，他们的国王是一只大猩猩。凡是来到他们国家的人，或是在山谷和路上被他们遇到的人，都难逃他们的魔掌。他们将过往行人带到国王面前，让他们吃那些饭菜，而后往他们身上涂抹椰子油，这样，他们的肚子便会越撑越大，见到饭菜便会饕餮大吃，从而心智迷乱，思维丧失，变得像体大智弱的骆驼一般，见了那些饭菜和椰子油便又食欲大发。一直吃到身体又粗又胖，他们便将其作为食物献给国王。

我见他们如此野蛮，不禁对自己和伙伴们的生命非常担心。我那些伙伴由于处于极度的意乱心迷状态，对别人的摆布毫无知觉。那些人将他们交给一个人，那人便每天带领他们出去，像放牧牛羊一般吆喝着他们吃草。而我则由于担惊受怕，再加上终日不敢吃喝，所以变得十分瘦弱，一副病恹恹的样子，饿得皮包骨头。

他们见我如此瘦弱不堪，便丢下我不管，渐渐将我遗忘，谁也不记得我了。他们没有想到我会施计逃走。一天，我趁他们不备，便从那地方悄悄溜了出来，在那座岛上一直往前走，一直走到天色大亮，太阳照到山顶上和河床里。我走累了，又饿又渴，便采集岛上的青草和其他植物充饥。我填饱肚子，勉强有一口气，便强撑着站起来，继续向前行走。我昼夜兼程，日夜不停，饿了就吃些花草植物，就这样一直走了七天七夜。

第八天早晨，我忽然瞥见远处有个影子，于是我便朝那影子奔去，走到日落方才赶到那影子附近。我内心害怕遇上前两次的厄运，便站在远处定睛观看，只见那里有一帮人在采集胡椒。待我来到近处，他们见到我，便都朝我跑过来，将我围在中间，问道 :“你是何人？从何处而来？”

我对他们说 :“诸位，我是一个可怜的异乡人。”而后，我将自己的来龙去脉和经历的艰难险阻全都告诉了他们。

他们听罢，齐声说道："以主起誓，你这故事太离奇啦。可是你怎么摆脱掉那些黑人，你在这座岛上是怎样从他们把守的关口溜出来的？他们的数量很多，专吃人类，没有任何人在他们手中能够幸免，也没有人能够通过他们占据的地盘。"

我将自己同那些黑人之间发生的事情讲给他们听，告诉他们那些黑人如何将我的同伴捉去，给他们饭菜吃，而我则没有吃，所以才得以幸免。他们听完我的叙述，纷纷祝贺我平安脱身，对我讲述的故事，颇感惊诧。

他们让我坐在那里稍事休息，等他们将手中的活计做完。他们做完活计，给我端来一些饭菜。当时我正饿得饥肠辘辘，便张开大口吃了起来，吃饱喝足之后，我又在那里歇息了一个时辰。

然后，他们带我上了一条小船，来到他们居住的岛上，把我带到他们的国王面前。我向国王问候致意，他欢迎我的到来，对我盛情款待，问起我的来历。我便将自己从离开巴格达城直到此地的一路经历和种种奇遇原原本本地讲给了他听。国王和在座的所有人听罢，都甚为惊奇。而后，国王吩咐赐座，我坐下之后，他又吩咐设宴。饭菜端来，我开怀大吃，吃饱之后净过手，我感谢至高无上的主的浩荡洪恩，赞美主的恩顾。

而后，我离开国王，到城中四处观赏，只见城中居民甚众，是一个富庶之邦，广有钱粮，集市繁华，商品充盈，买卖人比比皆是。来到这座城市，我非常高兴，心情也舒畅了许多。那里的人都十分和蔼可亲，我在那城中和国王面前颇受尊重，甚至超过了城中的显贵和朝中的大臣。我发现王国上下无论大人小孩全都骑着漂亮的骏马，而马背上却没有鞍子，不由得感到十分惊奇。

我问国王："主上啊，您为何不骑在马鞍上呢？坐在马鞍上对乘骑者来说十分舒适，又能借上劲。"

国王答道："马鞍是什么东西？我们一辈子也没有见过，更没有坐过。"

我对国王说："您能否允许我为您打造一副马鞍，您坐上试试看效果如何。"

国王对我说："那你就打造吧。"

我要求国王："请您命人给我拿一些木料来。"

于是国王便命人将我所需要的一应物品悉数备妥。

我找来一位手艺高超的木匠，同他坐在一起，教他如何制造马鞍架。而后我拿来一些羊毛，经过挑拣筛选之后，做成毡子，充作鞍垫，又拿来皮子，将马鞍架包住，然后磨光上面的碎毛，穿上肚带捆紧，接着又去铁匠那里，向他描述了马镫的形状，他便照我的描述打了一副马镫，锉平之后，镀上一层锡皮。我又在马鞍上系上绸穗，然后来到御马厩挑选了一匹上乘的御马，将打造好的马鞍绑在马背上，再挂上马镫，套上缰绳，牵到国王面前。国王一见满心欢喜，他谢过我，骑上马遛了一圈，对那马鞍十分满意，赏给我许多财帛，作为我的酬劳。

宰相见我为国王打造了一副马鞍，便也要我为他照样打造一副。朝中大臣和达官贵人见马鞍如此精美，也纷纷央求我为他们各打造一副。于是，我便着手为他们打造。我教会了木匠制造马鞍架，又教会了铁匠打造马镫，就这样开始大张旗鼓地制作马鞍和马镫，向王公大臣和侍卫们出售，挣了好多钱。我在他们中间也开始享有很高的地位，他们也更加敬重我，我在国王和王公大臣、达官贵人面前俨然成了一位炙手可热的人物，直到有一天，我兴高采烈、踌躇满志地坐在国王面前。

正当我美滋滋地坐在那里，只听国王对我说道："你现在成了我们中间备受尊重和爱戴的人，成了我们之中的一员。我们舍不得你离去，也不能容忍你出城，我要你做什么，你必须听命于我，不得违背我的旨意。”

我答道：“国王啊，您要我做什么，我决不违背您的旨意，因为您对我有莫大的恩惠。赞美安拉，我已经成为您的一个仆人。”

国王说道：“我要你在我们这里成婚，娶一位既富有又貌美的绝色佳人为妻，成为我们这里的居民，同我一起住在宫中。你不得违抗我的命令，也不得违背我的旨意。”

我听罢国王这番话，颇感难为情。由于十分害羞，所以我沉吟半晌未语，也未回答国王的话。国王见状便问道：“我的孩子，你为何不回答我？”

我答道：“主上啊，您是万世之王，您的命令小人岂敢不从。”

国王闻言，马上派人请来法官和证人，当下便将一位出身高贵的名门闺秀许配给我。那女子出身望族，血统高贵，极为富有，广有田产，家财无数，且生得天姿国色，异常美丽。

国王赠给我一处既宏伟又漂亮的单门独院，还送我许多仆人和侍从，并按月配给他们粮饷和津贴。我心情舒畅，生活得十分逍遥自在，忘记了先前所遇到的全部疲惫、艰辛和危难时节。心想：若是我回家乡，我将带着妻子一起回去。命中注定的事情一定会发生，一个人不会知道他将遇到什么事情。新婚燕尔，夫妻相亲相爱，如鱼得水，两人爱得如胶似漆，过着最甜蜜的生活，喝着人生最甘美的泉水。就这样我们甜甜蜜蜜地过了一段时光。

一日，邻居的妻子去世，那邻居是我的好朋友，于是，我前去他家吊唁。见他忧心忡忡，心绪不宁，情绪低落，我便走到他跟前，向他表示慰问，劝他说道：“尊夫人去世，请节哀顺变，不要过于伤心，主会赐你一位比她还要贤惠的女子作为补偿。托至高无上的主保佑，你来日方长，日子还远着哪！”

不料，他听了我的话，竟放声大哭，悲悲切切地对我说道："我只能在世上再活一天，怎么可能再另娶妻室？换句话说，我只剩下一天时间，主怎么会再赐给我一位比她更贤惠的女子呢？"

我忙止住他的话说："老兄，你理智一些。不要给自己的生命念丧经。你活得好好的，怎么能说自己明天就要死呢？"

他答道："朋友，以你的生命起誓，明天你就见不到我啦，以后你再也见不到我啦！"

我忙问他："这话从何讲起？"

他告诉我："今天人们埋葬我妻子，也会将我同她一起埋进坟墓。这是我们国家的风俗习惯。如果妻子去世，便将其夫活活埋掉；如果丈夫去世，便将其妻活活埋掉，免得生活伴侣去世后剩下一个人活在世上享受。"

我答道："以安拉起誓，这种风俗习惯太糟糕啦，任何人都难以承受。"

正在我们说话的当儿，城中管事的人们来到，他们就我朋友的妻子过世和他本人的生命向他表示慰问。然后按照习惯料理死者的遗体。他们抬来一副棺材，将她的遗体和他同时入殓，然后抬上棺材朝城外走去。来到海边山脚下的一个地方，他们走上前，掀起一块巨石，露出一个状似井栏的石栏，然后便将那位妻子扔进去，原来那是山脚下的一个竖井状的深洞。接着他们将那位丈夫带来，将一条大粗绳绑在他胸口，而后将他放进洞里，同时给他带下去一大壶淡水和七张大饼，待他到达洞底，便解开绑在自己身上的粗绳。人们将粗绳拉上来，用那块巨石照原样将洞口盖上，然后扬长而去，将我那位朋友丢在他过世的妻子身边。

我心想："天哪，这后死要比先死难多了。"

随后，我去面见国王，对他说道："主上啊，你们国家里怎么能将活人和死人一起生生活埋呢？”

国王答道：“你要知道，这是我们国家的风俗习惯，如果丈夫去世，我们便把他妻子同他活活埋葬在一起；如果妻子去世，我们便将她丈夫同她活活埋葬在一起，以便使他们生死不分。这是我们从祖先那里继承下来的风俗习惯。”

我又问道：“陛下，像我这样的异乡人如果妻子去世，你们也要像对待这位丈夫那样对待他吗？”

国王答道：“是的，我们将把他同他妻子一起埋葬，就像你昨日见到的那样。”

听了国王这番话，惊得我肝胆欲裂，魂飞魄散。我忧心忡忡，为自己的性命担忧，生怕我妻子先于我去世，他们将我活生生地同她埋在一起。继而我又自我安慰，说不定我会先于她去世，未来的事情谁也不能未卜先知。想到这里，我的心稍稍宽慰了一些，打那之后，我便在一些事情上豁达了许多。岂料此后未过多久，我的妻子病倒了，连喝汤带吃药折腾了几天几夜，最后还是病故了。

所有的达官贵人全都前来吊唁，向我和她娘家人表示慰问。国王陛下也按照他们的风俗习惯前来向我表示吊唁和慰问。接着，他们为我妻子找来一位女装殓师，为她洗浴净身，给她穿上最华丽的服装，戴上最好看的首饰项链和各种珠宝。他们为她穿戴整齐后，便将她入殓。然后将她抬到那座山脚下，掀开压在洞口的巨石，将她的尸体抛了进去。

这时，我所有的朋友和她的娘家人全都走到我面前，向我的生命告别。我在他们中间大声叫道：“我是一个异乡人，我无法忍受你们的风俗习惯。”

他们对我的叫喊置若罔闻，把我抓住便强行捆了起来。他们按照习俗，将七张大饼和一壶淡水同我拴在一起，然后将我丢到那洞里。

他们将我放到洞底，便对我说："你把绳子解开。"

我拒绝解下身上的绳子，于是他们便索性将绳子丢下，用原来那块巨石盖住了洞口，然后便扬长而去。

在那个深洞里，我看到许多死尸，都已经腐烂发臭。面对此情此景，我不由得对自己的所作所为自责起来。心想：天哪，我真该遭受这种报应，真该落到这步田地。

身处暗无天日的深洞中，我无法分辨白天与黑夜，也不知过了多长时间。我开始节水节食，除非快要饿死时，才吃一点东西；不到渴得再也无法忍受时，从不喝一滴水。我担心身边的干粮和水用光，自言自语地说道："别无他法，唯有仰仗至尊万能的安拉啦！是什么东西使我鬼迷心窍，在这座城市里结婚呢？真是运交华盖，每逢我摆脱一场灾难，便会落入另一场更大的灾难之中。以主起誓，这样死去太可悲了，还不如淹死在大海之中或死在山巅之上，那样死去对我来说远远胜过眼前这样慢慢等死。"

就这样，我一直不停地责备自己，渐渐习惯了在死人的尸骨上睡觉，一切仰仗安拉。待到饥肠辘辘、饥饿至极和焦渴难耐、如火中烧时，我就坐起来，用舌头舔一舔大饼，聊以自慰，喝上一点点水润润快要冒火的嗓子，聊以解渴。

在这之后，我强撑着身子站起来，在那山洞的一隅边向前挪动边四处查看。我发现这个山洞十分宽阔，里面空荡荡的，只是地面堆满了年已久远的死尸和腐骨。看到这些，我便在山洞的一隅，在远离新尸首的地方为自己腾出一块空地睡下。这时，我的干粮已剩不多，饮水也只剩下可怜的一点点，我一两天吃一顿饭，喝一次水，生怕在我死去之前水尽粮绝。

我在这种状况下苦苦挨着日子。一天，我躺的时间长了，便坐起身来。正当我坐在那里考虑一旦水尽粮绝自己该怎么办的当儿，忽见洞口那块巨石正在移动，一束光线直射到我头顶，我心头一凛，暗想：发生了什么事？

抬头一看，只见人们站在井口，从井口放下来一具男人的尸体，同时还放下来一个活着的女人，那女人哭哭啼啼，悲哭不止，人们给她随身带了许多干粮和水。我望着她，而她却未看见我，因为人们已经用巨石将洞口堵严，扬长而去。

我站起来，手拿着一根死人的胫骨，朝那女人走过去，照她头顶击去，她登时昏倒在地，我抢了她的大饼和水以及其他东西。而后我又见她身上戴着许多首饰、项链、珠宝和玉器。我拿走那妇人的干粮和水，坐在我原来在山洞一隅清理出来的那个地方，吃了一点点干粮，维持生命，使自己不至于饿死。我未敢放开肚量大吃，免得那些水和干粮很快告罄，使我干渴而死或饥饿而亡。

我在那个山洞里待了一段时间，每当人们丢下人来，我便将其干粮和水抢来，维持自己的生命。

直到有一天，我从睡梦中醒来，听到山洞一隅有一种东西在发出隆隆的声响，我心中十分纳闷，便站起身来，手握一根死人的胫骨朝那声音起处走过去。不料，那东西感到我走近，便逃掉了。我定睛一看，原来是一只小动物，我追随它来到山洞中央，突然看到从一个小孔中透射出一束光线，似天上的星星一般，在我面前忽隐忽现。

见状，我便直趋发出那束光线的小孔，越往前走，发现那孔隙越来越大。这时，我才确定那孔隙原来是在那山洞壁上，直通洞外。我暗自心想，此地一定是有什么蹊跷，要么它像我所在的洞穴一样是另一座坟墓，要么它是我所在的洞穴本身露出的孔隙。我站在那里思索了片刻，然后朝那露出光线的方向走去，只见在山腰上有一个野兽进出的洞口，那是野兽们刨挖的洞，它们从那个洞口里钻进来吃死尸，吃饱之后，再从那个洞口钻出去。我看到这种情况，这才心神安定，感到无比欢畅。我确信自己能够凭借这个洞口死里逃生。我仿佛在梦境一般，蒙蒙眬眬，如梦如幻。稍定下心来，我仔细做了盘算，终于从那洞口爬了出来，这才发现自己置身于一座高山上的盐湖边。那座高山横断大海，也挡住了海岛与城市之间的通路，任何人也无法逾越。我赞美至高无上的安拉，对他感激涕零。爬出墓穴，死里逃生，我不由得大喜过望，万分高兴，心情甚佳。

接着，我又从洞口返回墓穴，将我在里面省下的干粮和饮水全都搬了出来，扒下死人身上的衣服，换下了穿在自己身上的破衣烂衫，从他们身上摘下大量的金项链、珠宝、珍珠项链和镶嵌着各种贵重金属与工艺品的金银首饰，用死人的衣服包裹起来，然后带着包裹钻出那个山洞，来到盐湖边。我每天都要返回山洞里去，然后再从里面爬出来。凡是活着被丢入洞穴中的人，无论男女，我一律抢走他的干粮和饮水，而后从洞口爬出来，坐在湖边，静待至高无上的安拉赐给我生机。说不定哪天恰好碰到一条船经过我所在的地方，我便能获救。于是我坐在湖边静待时来运转。

就这样，我在那里逗留了一段时间。

一天，我坐在盐湖边，正在考虑自己的处境，忽然发现有一条船在波涛汹涌的大海之中航行。我赶忙将一件死人的白衣服绑在拐杖上，用手举着，在海滩上奔跑，边跑边向船上的人挥动那件白衣服，终于被他们发现。他们看见我站在山顶，便朝我驶来。驶到近处，他们听到我的呼叫，便放下一只小艇前来搭救。小艇上面坐着一些人。

托主庇护，我终于脱险，登上了那条船，我同船上的人一起，从一座岛屿航行到另一座岛屿，从一处海域航行到另一处海域。我庆幸自己死里逃生，对自己能够平安脱险真是喜出望外。往事不堪回首，每当我想起同妻子一同待在那座墓穴里的日子，仍然心有余悸，魂飞天外，往往黯然神伤，悲痛欲绝。

蒙安拉在冥冥之中暗佑，我们平安到达巴士拉城。上岸之后，我在巴士拉小住几日，便前往巴格达。来到巴格达，我径直前往我家所在的那条街，三步并作两步，进了家门。见到亲朋好友，一番寒暄。他们见我平安归来，十分高兴，纷纷向我表示祝贺。

我将全部行李悉数存放在自己的仓库，然后对亲友四邻大量施舍和馈赠，对孤儿寡妇赠以衣帛。随后，我便重蹈覆辙，故态复萌，变得忘乎所以，终日同一帮酒肉朋友厮混在一起，吃喝玩乐，纵情享受。

辛巴德第五次航海旅行

诸位兄弟，我第四次航海旅行归来，便又像从前那样，沉溺于吃喝玩乐，醉心于声色犬马。由于此次外出旅行满载而归，赚回来许多钱，所以高兴得忘乎所以，早把旅途中遇到的所有艰难险阻忘记得一干二净。

过了一段时间，我便又想外出旅行，周游世界，漫游列岛。我主意已定，便购买了一批适宜于海洋运输的货物，捆扎停当，离开巴格达，前往巴士拉。我在海边漫步行走，寻找着过往船只，忽然看到一艘豪华的大船，十分中意，便花钱买了下来。那船是艘新船，船上的一应设备崭新，我雇了一位船长和一些水手，又花钱为自己买了一些仆人和侍童，将货物全部装船，此后又来了一些商人，他们向我支付了运费之后，便将他们的货物也装上了船。我们高高兴兴地起航，默默祷告上苍，保佑我们一路平安，满载而归。

我们从一座岛屿航行到另一座岛屿，从一处海域航行到另一处海域。一路观赏沿途岛屿和城镇的风光，上岸进行买卖交易。就这样，我们在海上一路航行，直到有一天，我们来到一座荒无人烟的海岛。岛上无人居住，却见一座巨大的白色拱包矗立在那里，那拱包颇为宏伟壮观，于是大家上岛观看，却不知它原来是大鹏下的一只蛋。

商人们十分好奇，便用石块砸那拱包，那拱包被砸破，从里面流出许多汤水，露出大鹏的雏鸟，他们用力将它往外拉扯，终于将它拽出蛋壳，然后将它宰掉，得到许多肉。

当时我留在了船上，对发生的这一切并不知道，他们也没就他们的所作所为向我请示。船上的一位乘客对我叫道："先生，你快来瞧那看似拱包的大蛋。"

我站起身来观看，发现商人们正在用石块砸那只蛋，便大声对他们叫道："你们不能这么干，否则大鹏会飞来将我们的船捣个粉碎，将我们全部杀死。"但他们却未听我的话。

就在这般光景，突然太阳不见了，白天骤然变得黑暗，头顶上似有一片乌云遮住了太阳。我们抬头仰望，想看看是什么东西遮住了我们头顶上的太阳，却见一只大鹏飞来，它的翅膀遮住了太阳的光线，使天空骤然变暗。因为它飞来后，见它的蛋被人砸碎，便勃然大怒，尾随我们而来，对我们大喊大叫。不消片刻，它的伴侣也飞来了，两只大鹏在船上空盘旋，对着我们吼叫不停，那叫声比雷鸣还要震耳。我喝令船长和众水手："赶快开船逃命吧，否则我们就全完啦！"

船长马上行动，商人们也全都跑上船，扬帆起航，驶离了那座海岛。

大鹏见我们的船驶入大海，便飞走不见了。我们急忙抓紧时间全速行驶，想尽快逃离此地，摆脱两只大鹏的纠缠。不料，那两只大鹏去而复还，又追踪我们而来。它们分别用爪子携着一块巨大的山石，雄大鹏将它爪子中的巨石照准我们的船抛了下来。船长眼疾手快，急打船舵，那巨石差一点儿砸在我们船上，擦着船舷落入海中，激起千层巨浪，将我们的船忽而掀到浪尖，又忽而抛入谷底，把我们折腾得翻天覆地。船在这种情况下，几乎失去了控制。那巨石落入海中时，我们都看到了海底。

接着，那只雌大鹏又将它携带的那块巨石朝我们砸来，这块巨石比刚才那块巨石稍微小一些，也是命中注定，那巨石不偏不倚正好落在我们的船尾，将船砸得粉碎，船舵被震成二十多块，四处乱飞，船上所有的人和东西统统落入海中。

我拼命挣扎，企望死里逃生。至高无上的主赐给我一块船板，我攀上去，趴在上面，用双脚划水，借着风浪的帮助，向前划行。那船原来在距离海岛较近的地方沉入海中，所以命运又将我抛回了那座海岛。由于极度疲惫，再加上又饥又渴，我爬上海岛，已是气息奄奄，濒于死亡。

我在海滩上躺了一个时辰，这才将气息调理匀实，心中安定下来。然后，我站起身，在岛上四处察看，见它像天堂中的花园，树木郁郁葱葱，河流汹涌澎湃，鸟儿鸣啭，在赞美至尊永恒的主。岛上生长着各种树木和花草，树上果实累累。我采摘了许多水果，填饱肚子，然后又喝了一些河水。吃饱喝足，我赞美和感谢至高无上的主。

就这样，我坐在岛上，直到傍晚夜幕降临，这才站起身来。由于疲惫不堪和担惊受怕，我就像一个被杀死的人一般，在岛上既听不到什么声音，也看不见任何人，浑身软绵绵的，没有一丝力气，只好原地躺下睡觉，浑浑噩噩地一觉睡到天亮。

HGT

我强撑着站起来，在那些树木之间走着，看到一条小溪，那溪水从一个山泉里汩汩涌出。在那条小溪边上，坐着一位鹤发童颜的老翁，他身穿一件用树叶做成的衣服。我见状，暗自心想：这位老翁大概是船沉海后爬到岛上的幸存者，我走到他跟前，向他问候致意。老翁未答话，只是用手势还礼。我问他说："老翁啊，你为何坐在这里？"

他摇摇头，现出一副痛苦状，用手势向我比画，那意思是说："你将我驮到你的脖子上，将我驮到小溪对面去。"

我心想：对这位老翁做件好事，将他驮到他想去的地方，也算积点阴德。于是我走上前去，把他驮到肩上，然后将他送到他指给我的那个地方，对他说道："你慢点下来吧！"

不料他非但没有从我肩上下来，反而将双腿盘在我脖子上。我朝他双腿望去，发现他的双腿如同水牛皮一样，黑不溜秋，粗糙无比。我见状不由得大惊失色，想把他从肩上摔下来，岂料他却用双腿将我的脖颈紧紧夹住，勒得我喘不过气来，几乎窒息。我眼前一阵发黑，顿时失去知觉，像死人一般跌倒在地。他这才松开双腿，在我背上和肩上踢打，直打得我疼痛难当。他仍然坐在我肩上，我扛着他站起来，累得气喘吁吁。他用手势指示我走进树林，于是我便扛着他走到最好的果树跟前。如果违背他的意思，他便会用双腿踢打我，那双腿踢打比鞭子抽打还要厉害。

他不停地用手指示我去他想去的每个地方，我只好遵命驮着他前往。若是我稍有怠慢或动作稍微慢了一些，他便会用双腿踢打我。他待我简直就像对待俘虏一般。我们走进树林，他便在我肩上拉屎撒尿，白天黑夜都不下来。假如他想睡觉，便用双腿将我的脖颈紧紧夹住，就这样睡一小会儿，而后醒来便踢打我，于是我便赶紧扛着他站起来。由于我受他紧紧控制，所以不能违逆他的意愿。我常

常懊悔不迭，当初何必要怜悯他，何必要去背他。

就这样，我终日肩扛着他，疲惫不堪。我暗自心想：我帮助他本来是想做件好事，不料却变成了坏事。以主起誓，我这一辈子再也不会对任何人行善了。由于极度疲惫，我实在不堪忍受，每时每刻都向至高无上的安拉祈求，求主赐我一死。

在这种情况下，我又过了一段时间。一天，我们来到岛上的一个地方，见那里有许多南瓜，其中有些已经干枯。我便摘下一个干枯的大南瓜，打开它的顶部，去掉瓜瓤，然后带着它来到葡萄树下，装满葡萄，再盖严实，放到太阳底下晒了几天，葡萄便变成了纯葡萄酒。我每天喝一些解乏，消除同这个魔鬼在一起的疲劳。我每次喝醉之后，便精神振作。一天，他见我又喝，便用手势问我："这是什么东西？"

我告诉他：“这是一种好东西，可以强心提神，令人心情愉快。”

接着我便带着几分醉意，扛着他在树林间奔跑起来，边跑边手舞足蹈。我拍着手，唱着歌，心情十分愉快。他见我喝过之后如此惬意，便用手示意我将那大南瓜里酿造的酒递给他喝。我因为惧怕他，便将那东西递给了他。他将里面剩下的酒一股脑儿全喝下去，然后将那南瓜扔在地上。

他喝过之后，当下便有了几分醉意，在我肩上开始摇摆起来。他越摇越醉，最后竟醉得一塌糊涂，简直烂醉如泥，浑身四肢和关节软软塌塌，在我肩上左右摇晃。我知道此刻他已醉得不省人事，便伸手将他缠在我脖颈上的双腿用力掰开，然后一弯腰将他摔在地上。

我真不敢相信自己已经摆脱了那恶魔的纠缠，从那梦魇般的险境中安然脱身。接着我又担心他酒醒之后会继续加害我，便从树林中搬起一块大石头，走到他身边，将他毙命。

除掉恶魔，我的心情轻松了许多，愉快地回到我原来在海边待过的那个地方。我在那座岛上又住了很长时间，饿了便吃树上的果实，渴了便饮河里的流水，期待着有哪条船经过这里。

一天，我坐在那里，想着自己一路的遭遇和目前的处境，心中暗想：安拉会让我平平安安地回到家乡，同亲友们团聚吗？

突然之间，我发现在波涛汹涌的大海上有一艘船正朝这座海岛驶来。只见它劈波斩浪，终于驶近海岛，停泊抛锚，乘客们全都上了海岛。我见状，急忙朝他们走了过去。他们看见我，便都朝我跑来，将我团团围住，向我问长问短，问我为何来到这座岛上，于是我便将自己的经历和遭遇全都告诉了他们。他们听罢，皆感万分惊诧，对我说道：“那个骑在你肩上的人叫做海老头，除去你之外，迄今还没有任何人被他抓住而又逃脱了。赞美安拉使你平安无事。”

而后，他们给我拿来一些食物，我大吃一顿，吃饱之后，他们又给我拿来一些衣服让我穿上遮体。

然后，他们将我带上船，我们昼夜不停地航行，命运又将我们带到一座城市，那座城市的建筑都宏伟壮观，所有的房屋都俯瞰大海。那座城市名叫猴城。每到夜晚，住在城中的居民便都从临海的大门中走出来，乘坐船或小艇宿在海上，生怕猴子们夜间从山上下来骚扰他们。我上岸游览市容，不料船却开走了。我后悔不该上岸游览市容，误了船期而滞留在这座城市。又想起先前同猴子们两次打交道的情景和那些惨死在猴子们手中的伙伴，不由得内心惨然，悲悲戚戚地哭了起来。

一位当地人见我在那里独自悲哭，便走了过来，向我问道：“先生，你好像是异乡人。”

我答道：“是的，我是一个可怜的异乡人，乘船来到此地。船靠岸停泊之后，我上岸游览市容，不料当我回到海边，却发现船已经开走了。”

那人对我说：“那你就同我们一起到小艇上过夜吧！你如果夜间待在城里，便会被猴子伤害。”

我赶忙答应：“谨遵吩咐。”

说罢，我便立刻站起身，同他们一起上了小艇。他们将小艇驶离陆地，在距离岸边一海里的地方停下过夜，当夜我便同他们住在了一起。

翌日天亮，他们将船驶回城边。上岸之后，众人各奔自己的营生。他们天天晚上如此，已成习惯。凡是夜间留在城中的人，都会遭到猴子们的祸害。白天，猴子们出城，去吃果园中的果实，然后便躺在山上睡觉，一直睡到傍晚，一到入夜，它们便回到城里骚扰。

这座城市坐落在苏丹最偏远的地方，在这里我经历了一件最令我感到惊奇的事情：一天，每晚与我同宿在一条船上的那些人当中有一个人问我："先生，你在这里是异乡人，你有什么营生做吗？"

我答道："老兄，以主起誓，我没有任何营生可做，我也不会做什么事情。我原来是一位商人，有很多钱财和进项，买了一条船，运着大量钱财和货物，不料却在海上遇难，船上所有的东西全都沉入大海，我只是凭借安拉赐给我的一块船板才幸免于难，那块船板救了我一命，使我未被大海淹死。"听我说到这里，那人起身，为我拿来一条棉布口袋，对我说："你拿着这条口袋，在城里捡一些碎石子装满它，然后同城里的一帮人一起出城，我让他们带你搭伴同去，托他们关照你。你看他们怎么做，就照他们那样去做，但愿你能做出些事情，也好挣点钱回家乡。"

于是，我捡了满满一口袋石头子。然后，那人领我出城，只见从城中走出一帮人，那人让我与他们搭伴同去，并将我托付给他们照顾，对他们说道："这是一位异乡人，你们带他一块去，教他收集的办法，但愿他能做些事情，挣些钱餬口，你们也算积德行好啦。"

那些人齐道："谨遵吩咐。"

他们欢迎我的到来，带着我前往。我看他们每个人都带着一个口袋，与我所带的口袋毫无二致，里面装满石头子。我们一路走啊走啊，最后来到一个宽阔的谷地，那谷地里生长着许多大树，高不可攀，谁也无法攀登上去，同时那谷地里栖息着许多猴子。

那些猴子见到我们，惊慌而逃，纷纷攀到树上。人们开始用口袋里所装的石头子向猴子们投掷，而猴子们则摘下树上的果实向人们投掷，进行还击。我一看，猴子们用来投掷人们的那些果实原来是椰子。看到此情此景，我选择了一棵大树，上面有许多猴子，我在树下向那些猴子投掷，而那些猴子们则摘下椰子向我投掷。我也像其他人那样，将椰子收集起来，还没有将口袋中的石头子用完，我已经捡了许多椰子。

众人将口袋中的石头子投掷完，剩下的时间便开始收集落在地上的椰子，每个人都尽其所能地背着椰子回到了城里。我来到那位给我口袋，而后又让我与众人搭伴的朋友那里，将我所捡到的椰子全都送给他，以感谢他的恩德。他却对我说："你拿上这些椰子，去市场上卖掉，卖得的钱，自己好生攒着。"

然后，他又将自家宅院中一个房间的钥匙交给我，对我说道："你将剩下的椰子存放到这个房间。以后就像今天这样，每天同大伙一起去捡椰子。带回来的椰子，将好的与次的分开。卖掉之后，把钱好好攒起来，存放在这里。但愿你能攒够回家的钱。"

我感激不尽地对他说道："至高无上的主会给你酬劳的。"

我照他所说的话去做，每天装满一口袋石头子，然后同大伙一起上山，像他们那样先朝树上投掷石子，然后收集椰子。不久，大家熟悉了，他们十分关照我，指引我到有大椰子的树下投石头子。

就这样，过了一段时间，我集中了大量上好的椰子，卖掉许多，积攒了不少钱，便开始购买自己中意的东西。日子过得十分惬意，我在那座城里的运气也越来越好，就这样我高高兴兴地又过了一段时间。

一天，我站在海边眺望，忽见一条船驶进这座海港城市，停泊在海边。船上载着许多商人和货物，他们上岸进行买卖和易货交易，用他们的货物换取椰子和其他土特产品。我跑去告诉了那位朋友，告诉他有船来了，我想乘船回家乡。他对我说：主意你自己拿。于是我便向他告别，感谢他对我的恩德，接着便来到船边，面见船长，同他讲定了租金，将我的椰子和其他货物全部装船，然后离开猴城，开始在大海上航行。

那天，商船离开猴城，开始了海上的旅程。我们昼夜不停地航行，从一座岛屿航行到另一座岛屿，从一处海域航行到另一处海域，终于到达巴士拉。我上岸小住几日，便前往巴格达。来到巴格达，我径直前往我家所在的那条街，三步并作两步，走进家门。见到亲友，我向他们问候致意，他们也祝贺我平安归来。我将带回来的货物和行李存放在仓库里，然后给孤儿寡妇买衣送食，慷慨施舍；对亲朋好友奉送钱物，大量馈赠。真主对我补偿了四倍于我损失掉的东西。我满载而归，赚了大量钱财，早将一路上遇到的艰难险阻忘记得一干二净，遂故态复萌，像从前那样，终日吃喝玩乐，同一帮酒肉朋友厮混在一起。

这便是我在第五次航海旅行中所遇到的最离奇的故事。来，我们大家共进晚餐，明天你们再来，我将把我第六次航海旅行所遇到的故事讲给你们听，它比之前这些故事更为离奇。

辛巴德第六次航海旅行

诸位兄弟，各位朋友，我从第五次航海旅行归来，便沉溺于吃喝玩乐，醉心于声色犬马，日子过得逍遥自在，十分惬意，早把旅途中所遇到的艰难险阻忘记得一干二净。就这样，我终日悠闲自在，花天酒地地尽情享受，直到这天，我优哉游哉地坐在那里享受清闲，就在这般光景，一帮商人外出经商归来，身上还带着一路风尘，他们前来看望我。这时，我想起了从前我旅行归来，回到家乡，迈进家门见到亲朋好友时那种高兴的情景。他们的来访勾起了我外出经商的瘾头。我主意已定，便购买了一批适宜海上运输的贵重货物，将它先从巴格达运送到巴士拉。见一艘大船正要准备起航，上面坐着许多大商巨贾，携带着大量贵重货物，我便将我的货物搬到那艘船上，离开巴士拉开始航行。

我们离开巴士拉，昼夜不停地航行，从一个地方航行到另一个地方，从一座城市航行到另一座城市，沿途进行买卖交易，游览各地风光。一路顺风，我们尽享了旅途的乐趣。

一天，我们的船正在大海上航行，突然船长大叫一声，扯下缠头巾扔在地上，急得直打自己耳光，撕扯自己的胡须。他急火攻心，跌倒在船舱。

商人和乘客们全都围在他身边，急问他到底是怎么回事。船长叹道："诸位，我们的船迷失了航向，现在已经离开我们原来所在的那片大海，进入了一片我们不明航线的大海。如果主不赐给我们一条生路，使我们平安离开这处海域，那么我们所有人都将遭到灭顶之灾。大家快祈求安拉搭救我们的性命吧。"

然后，船长站起来，攀上桅杆，想把船帆放下来。不料，风大浪急，将船刮得倒行，船舵撞在一座高山上粉碎。船长从桅杆上下来，无可奈何地说："别无他法，唯有仰仗全知万能的真主啦。命中注定的事情谁也无法阻止它发生。大家要知道，我们今天遇到了一场灭顶之灾，谁也无法逃脱和幸免。"

船上的乘客们闻听，自感此番难逃厄运，于是全都哭了起来。他们感到大限将近，死到临头，于是万念俱灰，互相诀别。那船撞在山上，撞散了，船板解体，商人和船上的所有货物全部落入海中。有的人被淹死，有的人攀住了那山体，爬了上去。我便是那些攀到山上的许多人之一。只见那里是一座巨大的海岛，海岛边上有许多被山体撞碎的船。海滩上有大量被海水冲过来的贵重东西，其中有钱财和行李，数量之多简直令人不可思议，足以令人瞠目结舌。那些东西都来自被撞碎的过往船只，在船失事后，它们的主人已经葬身大海。

我登上海岛，信步行走，在岛中间发现一个汩汩向外涌水的山泉，从这边山腰流出，流入那边山腰。这时，爬到山上来的所有乘客全都散布在岛上，他们看到海滩上这么多的行李和钱财，全都惊得目瞪口呆，变得如同傻子一般。我发现，在那泉水中有许多各种各样的珠宝、名贵的矿石、硕大无朋的宝石和只有帝王才有的大珍珠，这些宝物比比皆是，像碎石一般遍布山间的水道中，那山泉及附近地面，因为遍布这种宝石和贵重矿石，所以闪闪发光。

我们在那座岛上发现许多沉香和龙涎香，那岛上还有一处类似龙涎香的泉水，经太阳一晒，它便像蜡一样流出，一直流到海滩，海中的巨鲸将它吞入腹中，沉入海底。那东西在巨鲸腹中发热，巨鲸只好将它吐到海中。于是，那东西便在海面凝结，颜色和形状也会发生变化，被海浪推到岸边，那些识货的游客和商人便将它捡起来，准备带回去出售。

而那些未被巨鲸吞掉的龙涎香，则在那泉边流动，在地上凝结，被太阳一照，它便融化，腾起一股馨香气息在那山谷中弥漫。而太阳落山后，它又凝结成块。那地方盛产这种龙涎香，外界的人无法进去，也很难到达那里，因为那座岛四面环山，更兼那山陡峭险峻，任何人无法攀登上去。

我们就这样在那岛上转来转去，欣赏着至高无上的主所创造的各种奇异物体，而后怅然伫立在那里，对自己的处境和眼前所见到的这一切大惑不解，内心充满了恐惧。

我们在海岛一侧收集了一点儿干粮，便节省着食用，两三天吃一顿饭，生怕干粮吃完后会连饿带怕地痛苦死去。每死去一个人，我们都为他洗浴净身，从岛边上捡一些随海水漂上来的衣服和布，当做殓衣为他裹身，然后埋葬。人们大量死去，岛上只剩下很少一些人，大家因身体十分虚弱，饥饿，再加上海边潮湿，都患了腹痛病。过了几天，伙伴们一个接一个地死去，每死一个人，我们都把他的尸体掩埋起来，最后岛上只剩下我孤零零的一个人，干粮也所剩无几。我不由得为自己的命运放声大哭，心想：假如我死在其他伙伴之前，那该多好啊。他们可以为我洗浴净身，将我入殓埋葬。唉，别无他法，唯有仰仗全知万能的安拉啦！

过了不久，我站起来，在那座岛的一侧为自己挖了一个深坑。心想，若是身体弱得不能动弹，感到大限将至，便躺在这座坟墓里死去，让大风把黄沙吹到我身上，将我掩埋住，我也就算死后有终，不至于暴尸荒野。继而，我又自责起来，埋怨自己没有头脑，做事太欠考虑，不该在经历了第一次、第二次、第三次、第四次和第五次航海旅行，历尽艰险与磨难之后再次离开自己的家乡和城市，到这异国他乡来旅行。过去的每一次旅行都经历了比上一次旅行更大的艰难和危险，我不相信这次遇难能够获救，平安脱险。我悔不该到海上旅行，更不该三番五次地重蹈覆辙。我家中钱财无数，根本不缺钱。我的钱财足够我后半生吃喝花用，甚至我连一半也用不完。那些钱财我吃穿不尽，为何还要冒此风险外出经商呢？

接着，我又想到自己如何才能脱离险境。心想：这条河有源头必有河尾，它肯定会有一处通向有人烟的地方。明智的办法是为自己造一只能容自己坐下的小木舟，放到这条河中，乘舟而下。假如蒙至高无上的主许可，能够获救，便算万幸；倘若不能逃生，死在这条河里，也比坐在这个地方等死要好得多。想到这里，我不由得又是一阵心酸。

然后，我站起身来，四处寻找，从那岛上收集了一些沉香和龙涎香木，用断开的船绳将它们绑在河边，又找来一些平直的船板，铺在那些木头中间，我把小船造得与河面一样宽，或稍微比河面窄一些，然后捆绑结实。我在那岛上捡了许多名贵矿石、珠宝、财宝和像石头子一样比比皆是的大珍珠，还收集了一些上好的纯沉香，一并放入船中，然后带上剩下的全部干粮，将船推入河中，又在小船两边绑上了两块木板，权作船桨。

我一边在河中划着那只小船，一边想着自己会是什么结局。我朝着山脚下这条小河的进口处划去，将小船划进那个地方，这时已是天色大暗，四周一片漆黑。我累得浑身疲惫不堪，一阵睡意袭来，我不知不觉中竟在小船上仰面睡着了。我睡在船上，那小船载着我继续漂流，我什么也不知道。等我醒来，发现自己身上一片光明，我睁开眼睛，见面前是一个十分开阔的地方，那只小船被拴在一座岛上，我周围站着一伙印度人和埃塞俄比亚人。他们见我醒来，便走拢过来，用他们的语言同我说话，我听不懂他们在说些什么。我不敢相信这是真的，以为这是一场梦，是由于自己担惊受怕过度而在梦中出现的幻觉。

他们说的话，我一点儿也听不懂，便没有回答他们。这时，一个人走上前来，用阿拉伯语对我说道："兄弟，你好。你是谁？从什么地方来到这里？我们是种田人，到这里来浇农田和庄稼，发现你睡在船上，便将船拢住，拴在我们这里，等你慢慢醒来，再告诉我们你到这里的原因。"

我对他说："先生，以安拉起誓，请你给我拿些吃的东西来，我已经饿得不行啦！等我吃过东西，你再问我吧。"

那人飞快地跑去，给我拿来一些食物。我狼吞虎咽地吃起来，吃饱之后，休息了片刻。待惊魂稍定，肚子感到发撑，这才心神安定。我赞美至高无上的安拉，然后将自己遇到的惊险遭遇以及在那条小河中的艰难经历从头至尾讲给了他们听。

那些人听罢，互相之间议论纷纷，他们说道："我们一定得带他去见我们国王，让他亲口对国王讲述他的惊险经历和苦难遭遇。"

于是，他们带着我，同我一起抬着那只小船和船上的所有钱财、珠宝和金银首饰去见他们的国王。他们把我领到国王面前，将我的故事禀告了国王。国王向我问好，欢迎我的到来，而后问起我的情况和我遇到的惊险经历。于是，我便将自己的经历和遭遇从头至尾讲给了国王听。国王听罢，惊讶不已，他祝贺我平安脱险。

这时，我站起身来，从那只小船里取出许多名贵矿石、珠宝、沉香和龙涎香送给国王作礼物。国王收下礼物，对我盛情款待，让我在他宫中住下。从此，我同朝中大臣和达官贵人广泛结交，他们非常敬重我。我从不离开王宫，从外地来到这座岛上的人纷纷向我打听我们国家的事情，于是我便如实告诉他们。同样，我也向他们打听一些有关他们国家的事情，他们也照样如实告诉我。

一天，国王向我打听起我们国家的情况，问起居住在巴格达的哈里发如何治国，我便将哈里发为政廉洁、处事公正的情况向他作了介绍。国王听罢，对哈里发甚为钦佩，对我说道："以主起誓，这位哈里发为政无比英明，体恤臣民百姓，处事光明正大。你这么一说，真让我敬重上他啦，我想备一份礼物，让你给他送去。"

"谨遵国王之命，主上啊，我将礼物献给他，还要告诉他，您对他如何敬仰，内心如何真诚。"我答道。

我在国王那里继续养尊处优地住了一段时间，过着豪华的生活，享受着无比尊贵的上宾之礼。

一天，我正坐在王宫里，忽然听说那座城市中有一帮人已经备妥船只，打算朝着巴士拉方向旅行。我心中暗想：随同他们前往，没有任何人比我更为合适。

当下，我便急忙吻过国王的手，告诉他："我想同那帮人一起乘他们备好的船只回国，因为我思念亲人和故乡。"

国王答道："由你自己拿主意，如果你想留下来，我们非常欢迎，我们舍不得你离开。"

我答道："主上啊，以主起誓，您对我的大恩大德我永世不忘，可是我思念亲人、故乡和我的孩子们。"

国王听了我这番话，吩咐那些备妥船只准备起程的商人进宫，将我当面托付给他们，又送给我大量钱财和衣帛，还为我支付了船费，并让我给在巴格达的哈里发哈伦·拉希德捎去一份厚礼。

然后，我告别了国王和所有经常来往的朋友，同商人们一起登船，开始了海上的航行。托至高无上的主的洪福，一路顺风，旅途愉快。我们从一片大海航行到另一片大海，从一座岛屿航行到另一座岛屿，平安抵达巴士拉城。我离船上岸，照旧在巴士拉小住了几天几夜，然后运着货物，前往和平之城巴格达，晋见哈里发哈伦·拉希德，向他转交了国王的那份礼物，并将我一路的经历简单告诉了他。

接着，我将钱财和行李全部存放到仓库里，而后，便径直奔向我家所在的那条街。亲友们闻讯全都迎上来，我给他们分别散发了礼品，又对穷苦人家大量施舍和馈赠。

过了一段时间，哈里发派人来找我，问起那些礼物到底是怎么回事，它来自何方。

我回答他说："信民们的首领啊，我不清楚那座城市的名称，也不认识去那里的路径，只是我原来乘坐的船只在途中沉没，我爬上一座海岛，自己造了一条小船，顺着一条流经岛中间的小河漂流到那座城市。"

接着我便将自己如何途中历险，如何从那条小河逃命到达那座城市，在那里受到礼遇，以及那位国王送礼的缘由原原本本地告诉了哈里发。

哈里发听罢我的历险经过，颇感惊诧，吩咐史书官将我的故事记载下来，存放到哈里发书库中，让每个看到这些记载的后人引以为鉴。然后他又盛情款待了我。

我又像从前那样住在了巴格达，将旅途中所遇到的艰辛彻头彻尾地忘掉了，终日沉溺于吃喝玩乐，过着花天酒地的生活。

诸位兄弟，这就是我第六次航海旅行的故事。如蒙至高无上的主允许，明天我给你们讲述我第七次航海旅行的故事，它比起前边六次旅行，经历更为惊险，故事更加离奇。

辛巴德第七次航海旅行

诸位，我第六次航海旅行归来，便又故态复萌，沉溺于吃喝玩乐，醉心于声色犬马，过着锦衣玉食的奢侈生活，将旅途经历的千辛万苦忘记得一干二净。就这样花天酒地地过了一段时光，昼夜狂欢。我已经拥有大量的金钱，真是吃穿不尽，富埒王侯。这时，我又开始耐不住寂寞，渴望出门散散心，去穿洋过海，周游列国，结交商贾，了解天下的奇闻逸事。

我主意已定，便置办了一批适宜于海洋运输的货物和行装，捆扎停当，从巴格达城运到巴士拉。见那里正巧有一艘船准备起航，船上坐着一帮大商巨贾，我便上了那艘船，同那些商人交上了朋友。我们顺利起程，一路顺风，大家兴高采烈，兴致勃勃地互相交谈着旅行和经商的话题，不知不觉中眼看就要到达中国城。

就在这般光景，突然一阵飓风从船头骤起。转瞬之间，一场倾盆暴雨迎面浇来，少顷便将我们和我们的货物吞没在烟雨之中。我们用毡子和帆布苫住货物，生怕货物遭受雨淋。我们向至高无上的主祷告，祈求他祛除我们正在遭受的灾祸。船长站起来，束紧腰带，挽起袖子，爬上桅杆，左右观望。而后，他看了一眼船上的人，便急得打自己的耳光，撕扯自己的胡须。我们忙问："船长，你这是怎么啦？发生了什么事？"

他神色沮丧地对我们说道："你们快祈求至高无上的主保佑你们平安脱险吧，大家想哭就赶紧哭，哭罢之后互相告别，否则就来不及啦。要知道，飓风已把我们摆布得束手无策，将我们刮到这茫茫大洋之中距陆地最远的地方。"

说罢，船长从桅杆上下来，打开他的箱子，从中取出一个棉布袋，解开布袋，从里面拿出一把类似灰烬的土，用水浸湿，耐心等待了片刻，用鼻子嗅了嗅，而后又从那个箱子里拿出一本小书查看良久，对我们说道："诸位乘客，这本书中记载着一桩奇怪的事情，说明凡是到达此地的人，从无一人生还，而是必死无疑。此地名唤帝王之邦，大卫王之子所罗门大帝的坟墓就在此地，这里有面目狰狞的巨蟒，凡有船只来到此地，定会有一头巨鲸跃出海面，将船和船上的所有东西全部吞没。"

大家闻听，顿时大惊失色，面面相觑。船长的话还没有说完，便见我们乘坐的那只船被高高地抛离了海面，而后又重重地跌落下来。与此同时我们听到一声霹雳般的吼叫声，不由得浑身颤抖，个个吓得目瞪口呆，像死人一般。我们料想此番必死无疑。只见一头鲸鱼像一座高山一般朝我们的船压过来，我们见状，惊得魂飞天外，不由得失声痛哭。我们做好了死亡的准备，呆呆地望着那头鲸鱼，惊叹它怎会生就如此庞大的身躯，这时又见第二头鲸鱼朝我们游来，我们从来没有见过身躯比它更加庞大的鲸鱼。

到了这步田地，我们只好听天由命。于是，我们互相诀别，为不久于世的生命而哭泣。这时却见第三头鲸鱼又朝我们游来，它比先前来的那两条鲸鱼更加庞大。面对此情此景，我们失去了知觉，丧失了理智，大脑已被眼前这骇人的场面吓得木然。

这三头鲸鱼围着我们的船游弋，第三头鲸鱼瞅准机会，张开大口，想把整条船一口吞下。不料一阵飓风刮来，将船抛起老高，落下时撞在一块巨大的暗礁上，顿时被撞得粉碎。所有的船板都散开了，船上所有的货物和商人以及乘客全部沉入大海。

我浑身上下脱得只剩下一件衣服，凫了一会儿水，追上了一块船板，将它紧紧抓住，然后攀了上去，坐在上边。海面上的风浪驱动着我，我紧紧抓住那块船板，海浪将我忽而掀起，又忽而抛下，我疲惫不堪，连惊带怕，又饥又渴。我不禁开始自责起来，对自己的所作所为和自讨苦吃懊悔不迭。我自言自语地说：辛巴德啊辛巴德，航海家啊航海家，你真是死不悔改，每次你经历艰难险阻，可你却总是不放弃航海旅行，即使你忏悔了，你也是口不应心。你就经历这些灾难吧，你就该得到这一切惩罚！

眼前这场灾难就是由于我不安分守己所致，因为我已经拥有无数钱财，根本用不着再去航海冒险。

而后，我心神稍定，暗想：在这次旅行中我已向至高无上的主做过诚心诚意的忏悔，今生今世嘴里再也不提、心中再也不想外出旅行这档事。就这样，我一直不停地边哭边向至高无上的主祈求。接着，我又想起了自己从前的日子如何无忧无虑，如何欢乐惬意。在第一天和第二天里我一直处在这种悲喜参半、亦忧亦乐的半癫狂状态，最后攀上一座巨大的海岛。

那岛上树木茂密，河川纵横，我饿了便采摘树上的果实充饥，渴了便喝小河中的流水。吃饱喝足，精力和体力都得到了恢复，我的心情十分舒畅。而后，我信步在岛上行走，看到在海岛的另一侧，有一条很宽的淡水河，但河水湍急，浪花激越。

这时，我想起了先前自己曾乘小舟脱险的往事，心想：我必须造一只同样的小船，但愿能够摆脱眼前这种困境。假如顺利逃脱，便是如愿以偿。我将会向至高无上的主忏悔，今生今世决不再外出旅行冒险。如果逃脱不成，最终葬身此地，我也就心安理得，不用再担惊受怕地受此煎熬了。

我站起来，在树林中找了一些罕见的檀香木，其实，我也不清楚那是什么东西。我将那些木料收集到一起，又从岛上找来一些树枝和植物，剥下皮来，当做绳子，将小船紧紧地捆了起来。我自言自语地说："若是平安脱险，那全是真主的恩德。"然后，我坐进小船，沿那条小河顺流而下，直到小船漂出海岛之外，渐渐远离了那座海岛。

离开海岛之后，我顺水航行了三天，这期间我一直睡在船上，什么东西也没吃，但只要是渴了，我便喝那河水。那时节，我就像一只又累又饿、晕头转向的雏鸟，心乱如麻，不知如何是好。最后，小船载着我来到一座高山，那条河从山脚下直通山里。

我一见眼前这情景，不由得担心起来，生怕河床狭窄，小船在河道中进退失据，就像从前所遇到的情况那样。我想把船停下来，自己弃船上山，但水流湍急，不待我下船，便推动着小船朝山洞里漂去。我见此情景，心想这下可完了，定然必死无疑，遂叹道："别无良策，唯有仰仗全知万能的安拉啦！"

小船又继续向前航行了一段距离，来到一个开阔的地方，原来是一条大河谷，河谷中水急浪险，水流似疾风闪电，发出雷鸣般的响声。我用双手紧紧抓住小船，生怕落入水中。行至河谷中央，浪花飞溅，从左右两面冲击着我，情势危急万分。

小船在湍急的河水中随波逐流，我无法将它停住，也无法将它驶向岸边，只好听天由命，任其在河谷中顺流而下，直到它载着我来到一座气势宏伟、建筑美观、人烟稠密的城市附近。

人们见我和我乘坐的那只小船在河中心随波逐流，完全失去了控制，便朝我抛来渔网和绳子，将小船从河中拉上陆地。我一连几天几夜没合眼，再加上忍饥挨饿，担惊受怕，困顿已极，被他们搭救上岸，便如死人一般倒了下去。

那帮人当中，有一位上了年纪的长者，他是一位头人，他对我的到来表示欢迎，递给我许多漂亮的衣服，让我穿上遮体。而后他带着我走进澡堂，给我拿来饮料和香水。我们走出澡堂，他又把我领到他家中，他们全家都欢迎我的到来，他让我坐到上座，然后给我端来一些美味佳肴，于是我便吃了起来。

饭后，仆人为我端来热水，让我净手，婢女们又为我拿来丝巾，让我揩手和擦嘴。而后那老翁起身出去，在他宅院旁边为我腾出一个单独的住处，吩咐众仆人和婢女好生伺候，但凡我有什么要求，定要照办不误。仆人和婢女诺诺应承。

就这样，我在他家住了三天，顿顿美酒佳肴，天天与香气相伴，渐渐心神安定，心情舒畅，精神恢复如初。

第四天，老翁来到我这里对我说："我的孩子啊，你给我们带来了慰藉。感谢安拉使你平安无事。你愿意同我一起去海边，到市场上去卖货吗？卖得的钱你收好，然后用它购买一批货去经商。"

我沉吟良久，暗自纳闷："我本人什么货也没有，他为何要口出此言？"

老翁对我说道："孩子啊，你不要纳闷，也不必多想，我们一起去市场吧！若遇到有人给你的货物出价合适，你感到满意，便可收下钱成交。若没遇到合适的价钱，你就将货物暂且存放在我的仓库里，等待下次交易日再出售。"

我心里琢磨了半天，仍然不得要领，便心想："暂且答应他，看看他指的货物究竟是什么东西再说。"于是，我对他说："老伯，晚生悉听您的吩咐。您做的事情都是吉祥如意的好事，任何事情我都不会违背您的意愿。”

然后我同他一起来到市场，见他已将我来时乘坐的小船全部拆开，那些船板都是檀香木。一个经纪人正在那里向商人们推销，双方讨价还价。开价之后，商人们竞相加价，最后达到一千第纳尔。此后，商人们便停在那里，不再加价。老翁望着我说：“你听着，孩子。眼下这种季节，檀香木就是这个行情。你是按这个价钱卖掉，还是暂且不卖，存放到我库里，等行情上涨时再卖？”

我答道：“先生，我的事情就等于您的事情，您看着办好啦。”

他说道：“孩子，在商人们出价的基础上，我再给你加上一百第纳尔金币，你愿意将它卖给我吗？”

我答道：“好的，就卖给您好啦。”

老翁吩咐仆人们将那些檀香木运到他的库房，然后我们一起回到他家。坐下之后，他如数付给我檀香木钱，又给我拿来一些钱袋，将钱装进去，用铁锁锁好，将钥匙交给我。

过了几天几夜，老翁对我说：“我的孩子啊，我想同你谈一桩事，希望你能依我，不要驳我的面子。”

我问道：“是什么事？”

他对我说：“要知道，我已经上了岁数，膝下无子，只有一个小女，生得端庄美丽，手中有不少私房钱，更兼美貌不凡。我的意思是想让她嫁给你为妻，你同她一起住在我们国家，然后我将我所有的财产都交给你。我已经偌大年纪，你来代替我主事。”

我沉吟良久，没有答话。老翁又对我说：“我的孩子啊，你就依我之言吧。我也是为了你好。你若依我之言，我将女儿嫁给你为妻，你就像我的儿子一样，我所有的资金和财产全都归你，如果你想回国旅行或是经商，谁也不阻拦你，这些财产全部由你调度，你想怎么办就怎么办。”

我对他说：“老伯啊，您就如同我父亲一般。我经历了许多艰难险阻，到现在已经全无章法和主见，这桩事情由您决定，您看怎么办好就怎么办吧！”

老翁当下便吩咐仆人去请法官和证人，待他们到来之后，老翁便将他女儿许配给我。他为我们操办了一场热闹的婚礼，举行了一场盛大的宴会，然后将我送入洞房。只见妻子果然身材窈窕，貌美如仙。她身上的各种服饰、项链、贵重珠宝等价值几百万黄金，任何人无法估价。

婚后，我对她恩爱有加，夫妻感情日深。我十分惬意地同她度过了一段时光。不久，她父亲病故归天，我们为他举行了葬礼，将他入土安葬。此后我便着手经营他原来的财产，他所有的仆人全都变成了我的仆人，在我手下细心服侍我。商人们拥戴我接替了他的职位，因为他生前是商会会长，是商界的领袖。任何人不经他同意或者许可，不得买卖任何东西。如今我接替了他的职位。

我同这座城里的人交往时间长了，发现他们的生理状况每月都会变化，先是身上生出羽翼，然后他们凭借这些羽翼飞上天空。除去妇女和儿童，这里的人全都如此。于是我心想：“待到下月初，我请求他们之中的一个人带我去开开眼，说不定他会带上我同他们一起飞向他们去往的地方。”

到了下月初，他们身上的颜色发生了变化，他们的形状也发生了变化。我来到他们当中的一个人面前，对他说道：“以主起誓，你必须带我同你一起去，让我也开开眼，然后再同你们一起返回。”

他答道：“这万万使不得。”

我不死心，三番五次地去找他软磨硬泡，直到他最后同意了我的请求。于是，我陪同他们一起前往。我坐在那个人身上，他肩负着我飞到空中。事先我谁也没告诉，所以亲友和仆人中谁也不知道我的这次冒险。

那人肩负着我不停地飞啊飞啊，一直来到高空，于是，我听到了天使们在苍穹赞美主的声音，颇为惊诧，遂口诵：“大哉安拉，万赞归主。”

我刚诵完，便见天空中突然冒出一团火，差点儿烧着他们，于是他们全都降落下来，对我大为恼火，将我抛在一座高山上，然后便丢下我飞走了。

剩下我孤零零的一个人待在那座山上，我不由得自责起来，悔不该如此冒险。我心中暗想：“别无良策，唯有仰仗全知万能的主啦！我每摆脱一场灾难，便会落入另一场更大的灾难之中。”

我置身山上，不知朝哪里走才好。正在犹豫彷徨的当儿，忽见两个面如朗月的少年，每人手拄一根金棍作手杖，正在山路上倚杖行走，于是我走上前去，向他们二人致意，他们也还了礼。我向他们问道：“以主起誓，请二位告诉我，你们是谁？做何营生？”

那两位少年答道：“我们是至高无上的主的仆人。”

而后他们俩送给我一根赤金手杖，把我丢在原地便走了。于是，我一边拄着手杖在那高山顶上行走，一边在心里琢磨这两个少年到底是怎么回事。突然之间，从山下爬出一条巨蟒，只见它口中衔着一个人，已将那人活生生地吞下去一半，直吞到那人肚脐眼那儿。那人吓得大声呼救：谁来救我，主便会使他摆脱所有灾难。我见情势危急，便急忙赶过去，举起金手杖，照着巨蟒头上便打，巨蟒经受不住，便将那人从口中吐了出来。

那人死里逃生，走到我面前，对我说道：“你从这巨蟒口中救了我一命，我再也不离开你了。在这座山上，你就成了我同甘共苦的伙伴。”

我对他说道："欢迎你。"

我们俩在那座山上继续行走，忽见一群人朝我们俩走来。我定睛一看，发现原来肩负我飞到这里来的那个人也在他们之中，于是我走到他面前，向他表示歉意，请求他原谅。我对他说："我的朋友，朋友之间可不应该如此相待。"

那人对我说："就是你在我背上赞颂主，才使我们陷入如此险地。"

我对他说："请你原谅我，因为我事先不知道有这么个规矩。从今以后，我决不再说话就是了。"

他这才答应带我走，但有言在先，不准我在他背上提念安拉，亦不准我在他背上赞美安拉。然后，他将我背上，像来时那样，带着我飞到空中，一直将我送回家中。妻子见到我，向我问安，祝贺我平安归来，然后对我说："你可要当心啊，以后千万不要同那些人一起出门了，也不要同他们交往，因为他们是一帮魔鬼，从不晓得称颂至高无上的安拉。"

我问她："你父亲同他们关系如何？"

妻子答道："我父亲不属于他们那一类，也不像他们那样做事。依妾身愚见，既然我父亲已经去世，夫君不如将我们的所有财产全部卖掉，用卖得的钱置办货物，然后回你老家，回到你亲友们那里去。我随你一起走，既然父母都已去世，我也没必要继续待在这座城市里了。"

于是，我便开始分期分批地变卖岳父的家产，同时等待着有谁从那座城市里外出旅行，我好与他搭伴一起上路。说来也巧，城中有一帮人正要打算外出旅行，只是苦于没有船只。于是，他们买来木料，自己动手建造了一艘大船。我租了他们船上一部分舱位，并向他们交齐了租金。

我和妻子带上我们所有的行李上了船，遗下了其他家产和不动产。我们开始在大海上航行，从一座海岛航行到另一座海岛，从一片大海航行到另一片大海。一路顺风，平安抵达巴士拉，我们未在那里停留，而是租了另一条船，将随身携带的全部物品搬到那条船上，直奔巴格达。来到巴格达，我径直朝自己家所在的那条街疾步走去，三步并作两步，急匆匆地进了家门。见到亲朋好友，大家自然欢天喜地，然后我将带回来的所有商品悉数存放到库房里。亲友们算起我这第七次航海旅行的时间，发现我这一次在外边度过的时间足足有二十七年。这期间，他们对我生还早已彻底绝望。

我见到亲友们，向他们讲起我此次航海旅行所遇到的惊险经历，他们听罢，全都惊讶不已，纷纷祝贺我平安归来。我向至高无上的主真诚地忏悔，在这第七次航海旅行之后，再也不作陆地旅行，也不作海上旅行了。这第七次航海旅行是历次旅行的终极和顶峰，真正使人过足了瘾，也断绝了念想。我感谢和赞美至高无上的主，是他使我重新回到亲人们身边，回到了故乡和祖国。

杨言洪　译

国王同三位哲人的故事

相传，在很久很久以前，有一位威名赫赫的国王，膝下有一子三女。三个女儿生得美如满月，酷似花园中竞相怒放的鲜花。儿子也是相貌英俊，一表人才，美如天上的月亮。

一天，国王正坐在王位上，忽然来了三位哲人，他们中一位手持一只金孔雀，另一位手持一把铜号，第三位则带来一匹用象牙和乌木做成的马。

国王向他们问道："这些都是什么物件？它们有何用途？"

手持金孔雀的哲人对他说道："这只金孔雀无论白天黑夜，每过一个时辰便会扇动翅膀，鼓翼鸣叫。"

手持铜号的哲人说道："如果将这把铜号安放在城门上，它便会像卫士一样守卫在那里。若有敌人前来偷袭，它便会高声鸣叫报警，这样大家便会知道敌人来犯，从而可以轻而易举地将敌人击退。"

手持乌木马的哲人说道："主上啊，这匹马的用途更为奇特，谁若是骑上它，便能够到达他想去的任何地方。"

国王说道："我只有在试验过这些东西的功能之后，才会对你们赏赐。"

国王首先试验那只金孔雀，发现它的功能正如其主人所说的那

样，每过一个时辰便会鼓翼鸣叫。接着国王又试验那把铜号的功能，发现它的主人并未言过其实。于是国王便对那两位哲人说道："你们有什么愿望就请对我讲吧！"

那两位哲人说道："请求陛下赐给我们每人一位公主为妻。"

于是国王答应了他们的请求，将两位公主许配给他们为妻。

乌木马的故事

接着便见第三位哲人走上前去，在国王面前跪伏于地，口中说道："万世的国王啊，请您像方才赏赐我的两位朋友那样赏赐于我。"

国王答道："我只有在试验过你带来的物件之后方可赏赐你。"

这时，太子上前，对国王说道："父王在上，孩儿愿骑上这匹乌木马，试试它的功能。"

国王准奏，言道："孩儿，那你就随心所欲地上去试吧！"

于是太子便跨上乌木马，双腿晃动，却见那乌木马纹丝不动，太子便问那哲人："哲人啊，你不是说它疾行如飞吗，怎么它一动不动呢？"

这时，那哲人走到太子身边，将乌木马上的上升按钮指给他看，告诉他："你按动这个上升按钮，它便会自动起飞。"

太子依言而行，按动那个上升按钮，只见那乌木马开始启动，然后便载着太子飞向高空。它不停地飞啊飞啊，慢慢从人们的视线中消失。到了这时，太子才手足无措，慌了手脚，悔不该冒冒失失地试骑这匹乌木马，继而他心想："看来那位哲人是想谋害于我。别无他法，唯有仰仗至尊万能的主了。"

然后太子仔细端详着乌木马全身的机关，忽然发现在乌木马的左右双肩上各有一个状似公鸡鸡冠的机关，遂自言自语道："这匹乌木马身上只有这两个按钮，不知它们各有什么用途？”

太子用手按了按乌木马右肩上的按钮，乌木马顿时加速，越飞越高，于是他赶忙放开了手，这才想起那是此前哲人教他按了起飞的那个按钮。接着他又看了看乌木马左肩上的按钮，用手按下去，只见乌木马飞行的速度马上由快转慢，由升转降，朝地面缓缓降落。

太子发现了乌木马的机关奥秘，喜不自胜。他感谢至高无上的主赐予了他这一切，将他从死亡面前拯救出来。整整一个白天，他操纵着机器不停地朝地面降落，但因为他已经上升得很高，所以一时半会儿也难以降落到地面，于是他索性随意转动乌木马的方向。如果他想降落，便按动降落按钮，那乌木马随之载着他朝下降落；如果他想升高，便按动上升按钮，那乌木马随之载着他升高。当他骑着乌木马随意升降玩够了之后，便驾驶着乌木马朝地面降落。他边降落边欣赏着地面上他所不熟悉的城邦，因为他长这么大还从未见过这些国家和城市。在他所看到的都市中有一座建筑极其精美的城市，它建筑在一片绿草如茵的地区。大地之上，树木茂密，河川纵横，生机盎然。

太子看到这座美丽无比的城市，心想："若是我知道这座城市的名字，知道这是在什么地方那该多好啊！"

于是，他便驾驶着乌木马在那座城市上空盘旋，将那座城市的前后左右仔仔细细地观赏了一遍。眼看日头西坠，白天即将过去，他心想："我还没见过比这座城市更美的住宿之地呢，索性今夜就住在这座城市，明天早晨再返回故乡去见父王母后，将我这次亲身经历和亲眼所见的一切告诉他们。"于是他便开始为自己和乌木马寻找一个栖身之地。

就在这般光景，他看到城中有一座直入云霄的巍峨宫殿，宫殿四周环绕着宽阔的城墙，城墙上建有高高的遮墙。太子见状，不由得赞叹道:“这真是一个美妙无比的地方!”

他按动乌木马身上的下降按钮，驾驶着乌木马徐徐降落，最后稳稳地降落在宫殿屋顶上。他走下乌木马，感谢至高无上的主保佑，然后围绕着乌木马转了一圈，将它仔细端详了一番，末了赞不绝口:“以主起誓，那位制造这匹乌木马的人真是心灵手巧。倘若安拉能使我多活一些时日，让我平安回到自己的国家和亲人身边，再见到父王，我定要重赏那位哲人，赐予他大量财富。”

太子坐在宫殿的屋顶之上，这才发觉人们都已经入睡。而他此刻感到饥渴难耐，因为自从离开父王之后，他还未曾喝过一滴水，也没有吃过任何东西。他暗自心想:“像这么富丽堂皇的宫殿里肯定会有吃的东西。”

想到这里，他站起身来，看见那里正好有一架梯子，于是便顺着梯子走下屋顶，来到地面。他发现整个院子的地面铺着大理石，遂对那院子和四周的建筑暗暗称奇。他寻遍整个宫殿，想找点吃的东西，却发现那里一无所有，也不见一个人影。

他站在那里，感到十分茫然，便左右环顾，不晓得往哪里去才好，遂自言自语道:“最好还是回到乌木马所在的地方，凑合着过一夜，待到天亮，便骑着乌木马返回。”

就在他站在那里自言自语的当儿，忽然看到一束光亮由远及近朝他所在的地方移来。他定睛一看，发现面前出现了一群美丽的侍女，中间簇拥着一位光彩照人、堪与明月媲美的少女。

这位天姿国色的少女原来是这里国王的千金，国王对自己这位爱女百般珍视，视若掌上明珠，专门为她建造了这座宫殿，供她游玩消遣。每当公主心情不快时，便带着侍女们来这里住上一两天或更长的时间，然后再回到她的闺房中去。适逢公主这晚心情不爽，便来这里散心，侍女们前后左右簇拥着她，身后还跟随着一位佩剑侍卫。她们来到宫殿，便开始将宫殿收拾干净，点燃香炉，然后开始在那里尽情嬉戏玩耍。

太子瞅准机会，对那佩剑侍卫发起了突然袭击，将他打倒在地，上前取下他的佩剑，执在手中，然后又向那些侍女冲去，将她们左右驱散。他来到公主面前，公主向他问道："你大概就是昨天向我父王求婚而遭到他拒绝的那个人吧？父王对我说你长得丑陋不堪。以主起誓，父王这么说是欺骗了我。"

原来印度国王的太子昨天来向她父王求婚，遭到她父王的拒绝，因为他的长相确实丑陋不堪。公主以为他就是那位前来求婚的太子，侍女们告诉她说："公主，这个人不是昨天来向国王求婚的那个人，因为那个人长相确实丑陋不堪，而这个人却英俊潇洒。昨天前来求婚遭到拒绝的那个人连当这个人的仆人都不配。公主，您看这个人可大有来头！"

而后，侍女们走到那个被打倒在地的侍卫跟前，将他唤醒。那侍卫惊恐地跳起来，急忙寻找自己的佩剑，发现那把剑已经不在自己手中，侍女们告诉他："将你打翻在地并将你佩剑夺走的那个人正同公主在一起。"

国王交给那个侍卫的任务便是保护公主，以免她遭遇什么伤害和不测。那侍卫于是马上站起来朝大厅走去，见公主同那位太子正坐在一起交谈，便走过去向太子问道："先生，您是人类还是精灵？"

太子怒声叱责道："你这最晦气的奴才，真该死！你怎么会将伟大的波斯帝王的子孙当成叛教不尊的魔鬼呢？！"

而后他执剑在手，对他说道："我是国王的驸马，他已经将公主许配与我。"

侍卫听他如此说，遂问道："先生，假如您果真像自己所说的那样属于人类，是帝王华胄，我家公主也只有帝王才配得上，您比任何人都应该得到公主。”

说罢，侍卫便一路跑着，边跑边撕扯自己的衣服，往自己头上撒土扬尘，连喊带叫地去向国王报信。国王听到他的喊叫，喝住他问道：“你遇到什么事？快告诉我，越简便越好！”

“陛下，您快去看看公主吧，因为她被一个身穿人类服装的魔怪迷住了，那魔怪冒充帝王之后，只有您去才可能治住他。”

国王听了他这番话，真想当场将他处死，强压着怒火问道：“你是怎么保护公主的？如此疏忽，以至于让她处于如此险境！”

说罢国王马上前往公主所在的那座宫殿。来到之后，发现侍女们正站在那里，便向她们问道：“公主遇到了什么事情？”

侍女们答道：“陛下，当时我们正同公主在一起，毫无察觉，那个美如圆月的年轻人便手持宝剑突然向我们发动袭击。我们从没见过比他还要漂亮的小伙子。我们问他是怎么回事，他告诉我们说陛下您已将公主许配给他。我们只晓得这些，不知道他是人类还是魔怪，但是他看上去为人正派，彬彬有礼，不会做出坏事。”

国王听罢侍女们这番话，心里这才稍稍安定。而后他见太子面如明月，一表人才，正坐在那里同公主交谈，两个人坐在一起正相般配，顿时按捺不住心头的妒意，于是手持宝剑闯了进去，像一只大猩猩一般突然冲到他们二人面前。太子见他出现，便问公主：“他可是你父亲？”

“正是。”公主答道。

这时节，太子一跃而起，顺手抄起宝剑。国王对着他大喝一声，把他吓了一跳，一怒之下，他想用剑向国王进攻。国王一看他那身手，要比自己快捷许多，料定自己断然不是他的对手，便将宝剑插回剑鞘，静静地站在那里。太子见状便也收起宝剑，彬彬有礼地上前与他相见。国王问道：“小伙子，你是人类还是精灵？”

太子答道："若不是看你执掌一国之政，看你女儿之面，我定会将你杀死。我是伟大的波斯帝王们的子孙，须知他们若想夺你江山，便会轻而易举地动摇你的尊贵和王位，将你王国中的一切悉数掠走，你怎么能把我归于魔怪之类呢？"

国王听罢太子这番话，心里十分惊慌，甚为自己的命运担忧。他对太子说道："如果你真像自己所说的那样是帝王华胄，怎么会未经我允许便闯进了我的宫殿呢？你声称我已将公主许配与你，可知我曾经杀死了多少前来向我女儿求婚的帝王和帝王子弟？假如我召唤我的侍从和用人们前来，命令他们将你杀死，他们顷刻便会让你死于非命。如果是那样，有谁能够救你？"

太子听罢他这一番话，说道："我对你感到十分惊讶，难道你还想为公主找一位比我更好的夫君吗？难道你曾见过有谁意志比我更加坚强？！有谁文才武略比我更胜一筹？！有谁地位比我更加尊贵？！有谁手下将士比我更加众多吗？！"

国王答道："不曾见过。但是小伙子，我希望你能光明正大地前来求婚，然后我将女儿许配给你。倘若你悄悄地娶了她，那你可就让我丢人现眼、颜面无存啦！"

太子说道："你说得很对。但是陛下，假如你的侍卫和手下人聚集到这里，将我杀掉，那么你就等于将你自己颜面丢尽了，人们会对你的所作所为将信将疑，说三道四。依我之见，陛下，你还是照我所说的那样回去。"

"你说说看！"

"我要对你说的是，要么你我单独决斗，谁将对手杀死，便留下来做国王；要么今晚你就暂且放了我，待到天亮，你可将你手下将士悉数调来，与我比个高低，决一雌雄。请告诉我他们共有多少人。"

“他们总数为四万骑士，另外还有数目相同的四万家丁。”国王答道。

“明天天亮之后，你将他们统统调来，告诉他们说：这个年轻人前来向我女儿求婚，条件是他将同你们决斗；他声称自己能够战胜你们所有的人，你们大家一起上也不是他的对手。然后你就让我同他们交手决斗。假如他们将我杀死，那么你的秘密也就掩盖住了，你的脸面也就保存住了；倘若我战胜了他们，那么像我这样的人，世上任何国王都会梦寐以求地想让我做他们的驸马。”

国王听罢他这番话，点头称善。尽管他觉得这年轻人言过其实，说话连唬带诈，水分太多，竟然大言不惭地要同他的八万将士交手，可还是接受了他的建议。然后他们二人一起坐下说话。

过了一个时辰，国王唤过一名侍卫，吩咐他马上去向宰相传旨，命他调集所有将士，携带武器，骑上骏马，听候调用。

侍卫来见宰相，向他传达了国王的旨意，宰相马上召集军中将领和王国重臣，命令他们身穿铠甲，骑上骏马，听候调用。此事暂且不表。

再说国王同那年轻人坐在一起继续聊天，那年轻人谈吐文雅，富有智慧，显见才华不凡，更兼彬彬有礼，因此颇得国王赏识。两个人谈着谈着，不知不觉中天色已经大亮，于是国王起身前往王宫，坐在御座之上，下令让将士们骑上骏马，然后又从御马厩中挑选了一匹上乘良马送与太子乘骑，吩咐为那匹御马挂上一副上等马鞍。太子言道：“陛下，先让我看看你的将士们，然后我再骑马。”

“就依你所言。”国王答道。

然后国王便同年轻人一起前往演武场。来至演武场，年轻人见国王手下果然兵多将广，只听国王对将士们说道：“诸位将士，有一位年轻人来我这里，欲向公主求婚。我从未见过相貌如此英俊、意志如此坚强、胆量如此超众的年轻人。他声称自己有万夫不当之勇，独自一人便可战胜你们千军万马。他甚至宣称，即使你们有十万之众，也不是他的对手。如果他与你们交手，你们尽可以用你们的矛尖和刀刃去同他厮杀，因为他并非等闲之辈。”

而后国王又对他说道：“我的孩子，你对他们有什么要求？”

“陛下，您这样待我不公。他们人人都骑在马上，而我则是步行，那我怎么同他们决战？”

“我方才让你也骑上马，可是你却拒绝了。面前有许多马，你就随意挑选一匹吧！”

“您的这些马，没有一匹能使我中意，我只骑我来时乘坐的那匹马。”

“你的马现在哪里？”国王问道。

“在宫殿屋顶上。”太子答道。

国王闻听，说道：“你这该死的年轻人，这便是你神志不清的最好证明，那马怎么能跑到屋顶上去呢？也好，此刻正好证明你是诚实还是撒谎。”

说到这里，他对一位贴身护卫说道：“你现在就去宫殿，将屋顶上所见到的东西给我弄来！”

人们对那年轻人说的话都感到十分诧异，议论纷纷：“那匹马怎么能从屋顶上下来呢？这种事真是一辈子也没有听说过。”

国王派往宫殿的侍卫登上屋顶，看到那里果然有一匹罕见的骏马，便走到跟前，仔细端详了半天，才发现它是用乌木和象牙制造而成。

同他一起前去的还有其他侍卫，他们看了乌木马，全都哈哈大笑，七嘴八舌地议论说：“这奇形怪状的东西便是那年轻人所说的马呀？看来他肯定是一个疯子。用不了多久就会真相大白，可也说不定他大有来头。”

而后，他们用手抬着乌木马，将它一路抬到国王那里，摆放在国王面前，众人都围着观看，对它那奇巧的形状、漂亮的马鞍和缰绳交口称誉，国王也是赞不绝口，惊讶不已。少顷，他问太子：“年轻人，这就是你的马吗？”

“正是，你将见到令你大吃一惊的情景。”

“你牵着你的马，骑上去吧！”

“只有在将士们远离它之后，我才能骑上它。”

于是国王便命令在乌木马周围观看的将士们离开那乌木马一箭之远的距离。

年轻人大叫道：“陛下，我现在就去骑上我的马，向你的大军发动进攻，将他们打得四处逃窜，吓得心惊胆战。”

国王答道：“你就尽你所能地干吧！你不要对他们留情，他们也不会对你留情。”

太子走到乌木马跟前，跨上马背。众将士列队以待，议论纷纷：“假如这个年轻人胆敢闯阵，我们就用矛尖刀刃对付他。”

其中一个士兵说道：“以主起誓，今日这是一场劫难。我们怎么能将这样一位帅气的小伙子杀死呢？”

另一个士兵接着话茬儿说道：“以主起誓，只有竭尽全力，我们这些人才有可能靠近他。这个小伙子之所以敢夸海口，自然有其勇武过人之处。”

太子在乌木马上稳稳坐定，按动起飞按钮。众人全都伸长脖子睁大眼睛，目不转睛地盯着他的一举一动，想看看他究竟想要搞什么名堂。少顷，乌木马便开始一起一伏，颤动不止，接着便见那匹乌木马做出一种最奇怪的动作，腹中充满空气，继而缓缓升空，越飞越高。

国王见那匹乌木马飞离地面，越飞越高，急唤将士们上前将它抓住：“你们这些该死的东西，快追上去拦住他，不要让他跑掉！”

众大臣和将军们禀道：“陛下，有谁能追得上飞马呢？这肯定是一个大魔法师，安拉使您摆脱了他。赞美至高无上的主吧，他使您幸免于难，未遭这个妖人的伤害。”

国王眼见太子乘乌木马而去，只好怏怏不乐地打道回宫。回宫之后，径直前往公主那里，将他同太子之间发生的事情一五一十地告诉了她。他发现公主伤心不已，显见对太子难以割舍和忘怀。接着公主便大病一场，卧床不起。

国王眼见公主为情伤心，大病不起，心疼地将女儿揽在怀里，吻过她的眉心。对她说道：“孩子啊，你快感谢和赞美至高无上的主吧，是主使我们摆脱了这个阴险狡诈的魔法师。”

接着国王又不厌其详地向公主描述了太子那天的诡谲行为和乘乌木马升腾到空中的情景，意在说明那位太子诡谲难测，非属人类。而公主则对父王的话一概不听，只是自顾黯然神伤，不停地垂泪哭泣，而且越哭越厉害。她暗自心想：“以主起誓，我就这样不吃不喝，直到安拉将我召去。”

国王见女儿被此事搞得心神憔悴，失魂落魄，自己心中既是难过，又为女儿担心，不由得忧心忡忡，郁郁寡欢。他越是对女儿好言相劝，女儿越是迷恋那位太子。

再说太子乘乌木马飞升到空中，自己独自坐在木马上，不由得想起了那位超凡脱俗的公主。先前在地面时他曾向人打听过这座城市的名字，也向人了解过国王和公主的名讳，知道这座城市名叫萨那。

而后，他乘乌木马朝自己国家飞去，飞临父王的宫殿，便在宫殿屋顶上降落。然后将乌木马留在屋顶，自己走下来去见父王。来至父王跟前，发现他正在为自己一去不归至今杳无音讯而伤心不已。父王一见他突然归来，喜出望外，上前将他拥抱在怀里。他见到父王，便急忙向他打听那位设计制造这匹乌木马的哲人如今何在："父王啊，时运使他遇到了什么不测？"

"愿安拉不保佑那位哲人，也诅咒你见到他的那个时辰。因为他的缘故，才使你同我们分离这么长时间。孩子啊，自从你离去的那天起，直到现在他一直被囚禁在大牢里。"国王告诉他说。

国王下令释放那位哲人，将他从监牢带到这里来。当他到来之后，国王赐他大量财帛，却未将女儿赐予他为妻。那位哲人为此十分着恼，对自己向国王贡献乌木马的行为非常懊悔。他知道太子如今已经掌握了乌木马的奥秘以及如何操纵它飞行。

国王对太子说道："依我之见，从今往后你永远不要再靠近这匹乌木马，也不要去骑它，因为你并不清楚它的内在结构，你这样骑着它太莽撞。"

太子向父王禀报了他同那座城市里的那位公主邂逅的经过，国王听罢言道："倘若那位国王想杀掉你，他会轻而易举地将你杀死，只不过是你命不该绝罢啦。"

过了一段时间，太子想起了萨那城中的那位公主，便来到乌木马身边，骑上那匹乌木马，按动起飞按钮，于是乌木马便载着他飞到了空中。那乌木马越飞越高，一直飞到了高空。

那日天亮，国王想见太子，四处寻找不见踪影，便急急忙忙爬到屋顶，只见太子此刻正乘坐着乌木马向高空升腾，遂对与太子再次分离颇为伤感，同时对自己没有将乌木马及时隐藏起来后悔不迭。他暗自心想："以主起誓，假如我儿子回到我身边，我决不会再保留这匹乌木马，免得总是为儿子担惊受怕。"国王再次对太子离去伤心落泪，恸然大哭。

再说太子乘坐着乌木马，不停地向前飞行，一直飞到萨那城上空，然后又在上一次降落的地点降落。他悄悄地向前潜行，最后来到公主所在的地方，不料却未见到公主，甚至连她的侍女们也没见到一个，更不见那个时刻保护她的贴身侍卫。太子乘兴而来，未见到公主，不由得感到些许怅然和扫兴。他在宫殿里到处寻找，终于在另一个地方发现了公主，只见她卧病在床，身边围着许多侍女和保姆。太子见状，便径直朝她们走去，向她们问候致意。

公主闻听他在说话，病体顿时痊愈，当下便站起身来，以示对太子尊重。太子说道："公主啊，真让我想死你啦！"

"你也让我想死啦！"公主答道。

"公主啊，你看我同你父王关系处理得如何？若不是看在你的面上，我早就将他杀掉了，可是我却因为你而喜欢他。"

"你怎么能这么长时间不来见我呢？没有你我的生活还有什么意义？"公主哀怨地说。

"你会对我百依百顺、言听计从吗？"

"你想说什么就说什么吧，我会听从你的召唤，对你言听计从，绝不会有丝毫违背。"

"那么你同我一起走，回到我的国家和我的王国！"

"悉听您的吩咐！"公主答道。

太子闻言，大喜过望，握住公主的手，以至高无上的主对她海誓山盟，而后携公主一起登上宫殿屋顶，自己先骑上乌木马，接着让公主骑坐在他身后，然后按动乌木马肩上的起飞按钮，只见那乌木马载着他们徐徐升空。直到这时，那班侍女们才回过神儿来，顿时大嚷大叫，慌忙去向国王和王后禀报。国王与王后闻报，急忙登上宫殿屋顶。国王抬头一看，但见乌木马载着太子和公主二人在空中缓缓上升，不由得勃然大怒，大叫道："太子，我以主的名义求你对我和王后发发慈悲，莫让我们与女儿分离！”

太子没有作答，他心中暗想：“公主会不会后悔同父王母后分离呢？”遂问公主：“是否要我将你送回你父王母后身边去？”

“太子啊，以主起誓，我不想那样，我只想同你在一起！”

太子闻听公主此言，喜不自胜。他稳稳当当地驾驶着乌木马飞行，以免公主坐着不舒服。就这样，太子携带公主乘坐乌木马一直不停地向前飞行，最后飞临一片绿色草原的上空，只见那里绿草如茵，泉水潺潺，于是他们便在那里降落下来，吃喝了一点东西。然后太子又骑上马，让公主坐在自己身后，还用绳带将公主绑紧，生怕她坐不稳当从乌木马背上跌落下来。他们乘坐着乌木马向前飞行，一直来到太子父王的京城。太子高兴得有些忘乎所以，他想对公主显示一下自己的威风和父王的君主威仪，让公主知道自己父王的权势远比她父王的权势威风得多，便将乌木马降落在城外一座父王常来消遣的花园之中，领她走进专为父王预备的休息室内，将乌木马停放在休息室门外，叮嘱公主好生看守，对她说道：“你在这里稍坐片刻，待会儿我派人来接你。我现在去见父王，为你准备一座宫殿，向你展示一下我的权威。”

公主闻听此言，感到幸福万分，遂对太子说道：“就依你，你想做什么就去做什么吧！”

公主此刻心想：是啊，像我这样的身份，只有举行隆重的欢迎仪式才可进城。

太子离开公主，朝城中走去，进城之后，径直来见父王。国王一见儿子归来，喜出望外，欢喜异常。太子对国王说道：“父王啊，我带来了曾经对您提过的那个国家的公主。我把她留在了城外的一座花园里，先来向您禀告，好让您准备车辇人马，亲自出城迎接，向她展示您的王权和手下将士的威风。”

“好吧，就依你之言！”国王慨然应允。

当下，国王便吩咐城中居民张灯结彩，将全城装饰一新，然后自己穿上盛装，跨上骏马，率领文武百官、侍从卫兵和所有将士一起出城迎接。太子也将宫中珍奇饰物以及只有帝王宫中才能收藏的珍品悉数取出张挂，安排设计的造型十分别致，还为公主准备了一幢用红绿黄三色绸缎装饰的楼房，并在那幢楼房里安排了许多印度、拜占庭和埃塞俄比亚侍女预备伺候公主。

而后，太子将宫女们留在那座楼房，自己离开那里，直奔公主所在的花园而去。他先于大队人马到达花园，却不见了公主。他找遍整个花园，既未找到公主，也没找到乌木马。太子忧心如焚，急得直拍打自己的脸颊，撕扯自己的衣服。然后又失魂落魄地在花园里四处漫游，片刻之后，他恢复了理智，心想：“我没有告诉她怎样操纵乌木马，她怎么会清楚乌木马的秘密呢？说不定是那位制造乌木马的波斯哲人碰巧遇到了她，于是将她攫走，以对我父王待他不公进行报复。”

而后，太子唤来御花园的警卫们，询问他们可曾有谁到过这里：“你们可曾看到有什么人经过御花园，到这里面来过？”

“除去那位波斯哲人之外，我们未见任何人来过御花园。他进入御花园，说是要采集一些有用的药草。”

太子听警卫们这样一说，顿时明白自己的猜想不错，攫走公主之人就是那位波斯哲人。

万事皆属前定，真是无巧不成书。当太子将公主留在御花园，独自进城去父王的宫中做准备时，恰巧那位波斯哲人走进御花园。他来御花园是想采集一些有用的药草，忽然闻到那地方散发出一股麝香和香料的气味。看官不知，那是从公主身上散发出来的馨香。于是那波斯哲人便循着香气走了过去，一直来到公主休息的那个房间，他见自己亲手制造的乌木马停放在门外，不由得喜出望外。因为他对失去乌木马曾经非常惋惜，此刻一见乌木马，自然是高兴万分。他疾步走上前去，将乌木马全身部件逐个检查了一遍，发现乌木马依然完好无损。当下他便想骑上去远走高飞，转念又一想："我一定要看看太子外出带回来一些什么东西，同乌木马一起存放在这里。"

想到这里，他推门走进公主正在休息的那个房间，发现公主坐在那里，宛如晴空中的艳阳，真个是风姿如玉，国色天香。

波斯哲人看到公主，旋即意识到面前这位姑娘非同寻常，定是太子将她带到波斯，将她暂时留在这个房间，自己独自进城，而后带领大队人马前来，将她隆重地迎进城中。

想到这里，那哲人走上前去，在她面前跪伏于地。公主抬眼一看，见他相貌奇丑，身形猥琐，便问道："你是何人？"

"我的女主人，小人是太子殿下派来的使者。他派我前来将您送往另一座离城较近的花园。"

"太子殿下现在何处？"公主问道。

"殿下他现在城中国王那里，马上便会率领大队人马前来迎接您。"

"难道太子殿下找不到别的人前来吗？"

波斯哲人闻听公主此言，听出公主话里有话，便笑着说道："我的女主人，您莫要被我丑陋的相貌和猥琐的身材所迷惑，若您能从我丑陋的相貌里体会到太子殿下的良苦用心，您还真该为我叫好呢。太子殿下之所以要派我来接您，皆是因为我身材猥琐和相貌丑陋的缘故。您想想看，他派我这等丑汉前来，其实是他过分爱你的缘故。否则，他手下自有数不胜数的奴仆用人、童仆侍卫，派哪个来接您不成？！"

公主听罢他这番话，便对他深信不疑，遂同他一起站起来，将手放到他手中，向他问道："老伯啊，你带来了什么可以让我乘坐的物件？"

"我的女主人，您来时乘坐的乌木马，现在您还可以乘坐它前去。"

"我可不会摆弄它，让我单独骑坐它可不成。"

哲人闻言，微微一笑，明白自己已经将她掌握在手中，遂假惺惺地言道："没关系，我同您一起骑上去。"

说罢，他先骑上乌木马，然后又让公主骑坐在他身后。就这样，公主不明就里，便被他紧紧拴在马背上。他按动上升按钮，只见乌木马腹中瞬时充满了空气，突突直动，左右摇摆，接着便见它开始升空。那乌木马载着他们两人飞啊飞啊，渐渐远离了那座城市，公主见状不解地问道："喂，你这人要带我去哪里？派你前来接我的太子现在何处？"

"让太子见他的鬼去吧，愿主使他变得丑陋不堪，他的确是一个卑鄙无耻的小人！"那哲人愤愤地答道。

"你这该死的东西，怎么胆敢违抗太子的命令？！"公主厉声斥责他道。

"他并非我的主人，你知道我是谁吗？"

"除去你的自我介绍之外，我对你一无所知。"

"当时我那样对你说，是我对你和太子施用的一计。我在这段时间里一直对你我所乘坐的这匹乌木马耿耿于怀，因为它是我耗费数年心血造成，而太子却未费举手之劳便将它据为己有。如今我不仅重新得到了它，还意外地得到了你，从今以后他再也甭想骑坐这匹乌木马了。他曾经令我忧心如焚，如今我也使他尝到了同样的滋味。你应该感到高兴，因为我对你更有益处。"

公主听罢那哲人这番话，气得直拍打自己面颊，口中叫道："真让人痛不欲生啊！我既未得到丈夫，也不能守候在父母身边。"

公主言罢大哭，对自己所遇到的劫难伤心不已。

那哲人带着她不停向前飞行，一直来到拜占庭希腊人的国家，降落在一片河川纵横、树木参天的绿色平原。那片平原附近有一座城市，城中有一位威势显赫的国王。

也是无巧不成书，那天适逢国王出城狩猎，到城外游玩消遣，路过那片平原，见哲人站在那里，那匹乌木马和公主在他旁边。不待哲人反应过来，国王的侍从和卫士们便朝他冲了过去，将他和公主以及乌木马一起俘获。他们被带到国王面前，国王见他身材猥琐，相貌奇丑，又见公主风姿如玉，貌美如仙，不由得感到十分愕然，遂向公主问道："尊敬的女士，这个老头与你是什么关系？"

不待公主开口，哲人便抢着说道："她是我的妻子，也是我的堂妹。"

公主听他如此胡说，立即揭穿他的谎言："国王陛下，以主起誓，我既不认识他，他也不是我的丈夫，是他施用诡计强行将我劫持到这里的。"

国王听了她这番话，命卫士们重打那位哲人，于是卫士们一拥而上，将那哲人打了个半死。接着国王下令将他抬到城中，抛入大狱，卫士们遵命而行。而后国王将公主和那匹乌木马一起带走，但他却对如何操纵乌木马一无所知。

那位哲人的遭遇暂且不表，再说太子穿上旅行衣服，带上足够的旅资，然后怀着极为糟糕的心情出发去寻找公主。一路上，他马不停蹄，昼夜赶路，从一个国家到另一个国家，从一座城市到另一座城市，到处寻找公主的踪迹，向人们打听乌木马的消息。每个听他讲述有关乌木马故事的人都不相信那是真的，认为他是言过其实，夸大其词。

就这样，他边走边打听寻找，一直过了很长时间，也没有寻到公主和乌木马。而后，他又前往公主的故国去打听，也没有得到任何消息。他发现老国王正在为公主失踪而伤心不已，于是只好离开那里，前往拜占庭继续打听和寻找。

也是无巧不成书，他下榻在一家客栈，见那里有一伙商人正坐着聊天，于是便在他们附近坐下。只听一位商人说道："诸位朋友，我最近听说了一桩怪事。"

"什么怪事？"众人忙问。

"前不久我到某城经商，听得人们正在谈论一桩怪事，说是那座城市的国王一日率领文武百官和侍卫们出城狩猎，来到一处旷野，正打算穿越一片绿色的平原，忽然发现那里站着一个人，他旁边坐着一位女子，还摆放着一匹用乌木制成的马。那男子奇丑无比，简直要吓死人；而那女子却生得天姿国色，美丽异常，更兼身材匀称，越发显得娇美靓丽。至于那匹乌木马，则更加不可思议，谁都没见过样式比它更好看、做工比它更考究的工艺品。"那商人在说话间，似乎提到了公主如今所在的城市。

在座的众人问道："后来国王把他们怎么样了？"

"国王抓住那个男子，审问他那位女子是什么人。那男子谎称是他妻子，还是他堂妹，不料那女子却当场揭穿他的谎言，于是国王便将那女子带走，命人将那男子狠打一顿，然后将他丢进牢房。至于那匹乌木马，我便不知其下落如何了。"

太子听了商人这一席话，凑到他跟前，和颜悦色地向他仔细询问，商人这才将那座城市和国王的名字告诉了他。太子打听清楚那座城市和城中国王的名字，当晚高高兴兴地睡了一觉。

翌日天亮，太子便起身上路，一路跋涉，终于到达那座城市。

他是这样打算的：进城时，守城的军士会将他抓住，把他带到国王面前，盘问他的来历和他到这座城市来的目的，以及他擅长什么手艺。看官不知，这是惯例，那座城市的国王对任何一个外来人都要仔细盘问一番，弄清他们的来历和每个人所擅长的手艺。

太子到达那座城市时正是傍晚时分，这个时间里谁也不能晋见国王或去同国王商议事情，于是守城的军士们只好将他带到监狱，打算将他投入狱中。狱卒们见他面孔清秀，一表人才，未敢轻易将他送进牢房，便让他与他们一起坐在牢房外。待到晚餐端来，他便同狱卒们一起吃了个饱。他们吃饱喝足之后，便坐下聊天。聊天当中，他们向太子问道："你从哪里来？"

"我来自伟大的波斯王辖下的波斯王国。"太子答道。

狱卒们闻听，一起哈哈大笑起来，其中一个狱卒对他说道："波斯人啊，我听说过那些关于他们的谈论和传闻，也见过他们是何模样，却从不曾见过和听说过比我们狱中的那位波斯人更会撒谎的人。"

"我从未见过像他那样身材猥琐、相貌奇丑的人。"另一个狱卒说道。

"你们怎样发现他是在撒谎？"太子问道。

"他自称是一位哲人，而国王却是在外出狩猎的路上遇到他的，当时他身边还有一位美丽绝伦的女子，另外还有一匹用乌木制造的木马，我从未见过比那匹乌木马更漂亮的马类。那位绝色女子现在在国王那里，国王对她甚为中意。但她却是个疯子，倘若那个人果真像他自称的那样是一位饱学之士，早就把她的病医治好啦。国王现在正千方百计地为她治疗，目的是想将她完全治好。至于那匹乌木马，则已被存放在国王的御库中。原来同女子在一起的那个面目丑陋不堪的男子现在关押在我们这座监狱里。每当夜晚来临，他便痛哭不止。哭到伤心处，便号啕大哭，吵得我们无法睡觉。”

当狱卒们告诉太子那位波斯哲人现在在他们监狱关押，整天号啕大哭时，太子不由得心中一动，便想施用一计达到自己的目的。待那些狱卒们想睡觉时，他们将太子关进牢房，然后将他锁在里面。太子听到那位哲人正在号啕大哭，边哭边用波斯语诉说：“我真该死！既给自己招来灾难，也给太子带来不幸。我如此对待公主，既未放过她，也未如愿以偿。这全是我的错误打算所致，我妄想得到自己不配得到的东西，追求像我这样的人不该追求的目标，以致如此。谁若追求不适宜自己的东西，便会像我这样落得如此下场。”

太子听罢哲人这番话，也用波斯语对他说道：“你这么号啕大哭要到什么时候为止？你以为只有你自己受苦受难而别人就没有受苦受难吗？”

哲人在黑暗中听了他这话，心中顿时感到了安慰，遂向他讲述了自己的来历和遭受的苦难。

翌日天亮，狱卒们将太子从牢房中提出来，然后将他带到国王面前。狱卒们向国王禀报说，这个人昨天到达城门口已是傍晚时分，不便打搅国王陛下休息，便将他临时收押在监狱。国王向他问道：“你是哪国人？将你的姓名、职业以及来此地的目的速速报来！”

太子从容答道：“我是波斯人，波斯文名叫哈勒嘉。我是一位学者，特别是对医学颇有研究，我给各种各样的病人和疯子治病。我遍游天下，在城市和乡村行医，目的是想使自己的知识更加渊博。如果遇到病人，我便为其治疗，这是我的本业行当。”

国王闻听大喜，对他说道：“道德高尚的大夫啊，你来得正是我们需要的时候。”遂将公主之事告诉了他。末了对他说道：“假如你给她医治，将她的疯病治好，那么你要什么，我都会答应你。”

太子闻言说道：“愿主赐予国王尊贵！请您对我详细描绘一下您

所看到的她疯病的症状，告诉我，她这种疯病有多长时间了，您是怎样将她与乌木马以及那位哲人抓获的？”

国王将事情经过从头至尾对太子讲述了一遍，而后告诉他：“那位哲人现在关押在监狱。”

太子对他说道：“洪福齐天的国王啊，你将他们带来的那匹乌木马怎么样了呢？”

“年轻人啊，它现在完好无损地保存在我的一间库房内。”

太子心想：“明智的做法是我先将乌木马察看一番，倘若它完好无损，未受到丝毫损伤，那我便是万事俱备。假如我发现它已经不能行动，我便另思一计，救我妻子脱身。”

想到这里，他转向国王说道：“陛下，我必须先看一看方才提到的乌木马，但愿能在乌木马身上找到一些原因，有助于使那女子痊愈。”

“就依你所言！”国王爽快地答道。

然后国王站起来，拉着太子的手，一起来到乌木马跟前。太子围着乌木马转了一圈，仔细查看乌木马是否受到损坏。经过查看，发现它依然完好无损，未受到丝毫损坏。太子不由得大喜过望，对国王说道：“愿主赐予陛下尊贵，现在我想去那女子所在的地方，看看她的情况如何。如蒙至高无上的主许可，但愿她能由于这匹乌木马并经我之手痊愈。”

而后他吩咐将乌木马好生看守，接着国王便带着他前往公主居住的房间。

太子走进房间，看到公主像往常那样，手舞足蹈，正在发疯。其实她并非精神错乱，而是故意装疯，做给人看。太子见她这般状况，便对她说道：“你的病情无关大碍。”

太子对她和和气气地抚慰，然后又好言相劝，直到她认出了自己。公主认出身边之人便是太子，激动地大叫一声，由于过分激动，竟一时昏了过去。国王却以为她这声大叫是出于对自己的恐惧，急忙退了出去。太子趁机将嘴附在公主耳朵边，对她说道："要保住你我性命，一定要挺住，坚强一些。现在正是需要我们沉着冷静的时候。只有计谋万无一失，我们才能从这个暴虐的国王手中逃脱出去。少顷我出去见他，对他说：'那女子的病症属于一种疯病的症状，我向您保证会使她病体痊愈。'我将向他提出条件，要求他将你身上的镣铐全部打开，以祛除你这种病症。如果国王来到这里，你要同他好言以对，让他看见你经我之手诊治已经初见疗效，这样我们才能达到目的。"

"悉听尊命。"公主答道。

太子离开公主，兴高采烈地来见国王。对他说道："洪福齐天的国王啊，托您的洪福，我已经查明她的病症，并对症下药，为她做了初步诊治。您不妨现在去她那里看看，和颜悦色地同她说话，答应她的一切要求，以便让她心情愉快。这样便会使你如愿以偿。"

国王当下起身，前往公主所在的地方探望。公主见国王到来，赶忙起身相迎，接着跪伏于地，欢迎国王的到来。国王见状，喜不自胜，吩咐侍女仆从对公主好生伺候，送她去浴室洗浴一番，为她准备漂亮的衣饰。手下人遵命，走进公主的房间，向她问好，公主和颜悦色地答礼。侍女们为公主穿戴上帝王人家穿戴的衣饰，又在她脖颈上戴一条珠宝项链，然后领着她前往浴室。在那里，侍女们小心伺候，生怕招惹了这位举世无双的美女。当侍女们领着公主从浴室出来时，公主已经焕然一新，美如圆月，明艳照人。

公主来到国王面前，跪伏于地，向国王问候致意。国王一见，满心欢喜，对太子言道："这一切皆是托你之福。愿主使我们多沾你的福分！"

“陛下，若要使她彻底痊愈，根除病根，您必须带领文武百官和全体将士再去您遇到她的那个地方，并且还要带上她来时所乘坐的那匹乌木马，以便我在那里彻底消除她的病魔之根，将病魔囚禁起来，然后处死，永远不再回到她身边来。”太子说道。

“就依你所言。”国王欣然同意。

而后国王下令将那匹乌木马带到当初他遇见公主、波斯哲人和乌木马的那个地方。接着他便跨上骏马，率领众将士，带着装疯的公主一同前往那里。他们这些人全不知太子葫芦里卖的是什么药。

他们来到那片平原，自称是大夫的太子吩咐将公主与乌木马置于国王和将士们视力所及的一处地方，而后对国王说道：“如蒙陛下允许，我将点燃香火，念诵符咒，将病魔禁锢在这里，让它永远不能再回到那女子身上。然后我骑上乌木马，并让那女子骑在我身后，这样一来，那乌木马便会剧烈抖动，向前行走，朝着你走去。到那时，事情就算完事大吉了。”

国王听罢他这番话，大喜过望。于是太子骑上乌木马，并让公主骑在他身后，国王和众将士远远地望着他们。太子用绳带将公主绑紧，接着便按动上升按钮。只见那匹乌木马载着他们缓缓升空，将士们呆呆地望着，直到乌木马从他们的视线中消失。国王在那里等待了半天时间，也没有把他们等来，他终于完全绝望了，对那位天姿国色的美女离去懊悔不迭，嗟叹不已，最后只好颓丧地率领将士们回城。

再说太子与公主乘坐乌木马朝父王的京城进发，他们一直飞啊飞啊，最后降落在国王的宫殿屋顶上。太子扶公主走下屋顶，平安来到宫殿，然后直奔父王和母后跟前，向他们问候请安，禀告他们公主已经来到宫中。国王与王后闻听，皆欢天喜地，高兴异常。

太子、公主和乌木马这边暂且不提，再说拜占庭国王回到城中，

闷闷不乐地将自己关在宫中，文武百官进宫前来看望，问明情由，安慰他说道："将那位女子攫走的人定是一个魔法师无疑，感谢主使你摆脱了他的魔法和诡诈。"就这样，群臣不断地安慰国王，使他渐渐将公主淡忘。

而这边，太子为全城的人举行了隆重的盛宴，整整欢庆了一个月。老国王生怕乌木马再惹出什么不虞之事，将它拆得七零八碎，把它的运行装置完全破坏，这才放心。

太子给公主的父王写了一封信，向他描述了公主的近况，告诉他自己已经娶公主为妻，她在这里万事如意，然后差遣一名使者，携带重礼和贵重珍宝前往。

使者来到公主父王的京城，也就是也门的萨那，将书信和礼物呈给国王。国王看罢书信，喜不自胜，他收下女婿送来的礼物，盛情款待使者，然后准备了一大批礼物交给来使带走，送给女婿。使者带着太子岳丈的礼物返回波斯，见到太子，将国王听到公主消息时欢天喜地的情景禀告给太子，太子闻听，自然非常高兴。

就这样，也门国王同波斯太子之间每年都有书信来往，互送礼品，这种来往一直持续不断。后来太子的父王驾崩，太子登基做了国王。他善待臣民，为政公道，因此深得臣民拥戴，声名日隆，王国上下无不恭顺臣服，四方百姓皆都同心效命。他们一直过着最愉快最美好的生活，享尽天下的荣华富贵，直至寿终正寝。

杨言洪　译

阿里巴巴和四十大盗

相传，很久很久以前，在古代波斯的某城镇里住着兄弟二人，哥哥名叫卡西姆，弟弟名叫阿里巴巴。他们的父亲很穷，死后没给儿子留下什么财产。兄弟二人分家后，哥哥卡西姆与一富家的女儿结了婚，走上经商之路，生意兴隆，时隔不久，就成了当地的一个大富商。弟弟阿里巴巴，跟一个穷苦人家的姑娘结了婚，家境依旧贫困，住房窄小，缺吃少穿，收入不足以维持生活。

阿里巴巴每日都到林中打柴，依靠三头瘦毛驴把柴运到城中，沿街叫卖，用卖柴所得的钱买回必需的食用之物。

“芝麻，开门！”

一天，阿里巴巴正在林中砍柴时，无意中抬头远望，忽见远处有一股烟尘腾空而起，渐渐向着自己所在的地方移动。他留神凝视片刻，见烟尘下出现一队人马，不禁一惊，心想：“这些人可能是一帮强盗，说不定会抢走我的毛驴和柴火……”想到这里，阿里巴巴离开驴子，爬上一块巨石旁的一棵大树，藏在浓密的树叶中，暗暗观察那队人马。

ALI · BABA · COUNTED · FORTY · OF · THEM

阿里巴巴细细一数，见他们总共有四十条大汉，各骑着一匹大马。他们骑着马来到那块巨石旁，首领高声喊道：

“站住！我们要来的地方就是这山坡。”

大队人马停了下来，大汉们纷纷离鞍下马，每个人都从马背上取下一个沉甸甸的鞍袋，紧紧跟在他们的首领后面，登上山坡，来到巨石下。

首领走到那块巨大岩石前，大声喊道：

“芝麻，开门！”

话音刚落，巨石上有一扇石门开启了。大汉们一个接一个地走进去，他们的首领走在最后。首领刚刚进去，石门便关了起来。

那四十个大汉在石洞里待了好长时间，藏在大树上的阿里巴巴未敢做声。

那四十个大汉终于出来了。首先走出石洞的是他们的首领。首领看见三十九个同伴都出了石洞，方才大声喊道：

“芝麻，关门！”

话音刚落，石门关闭。

随后，四十个大汉纵身上马，首领一声呼喊，相继纵马奔驰下山而去，转眼不见踪影。

大汉们远去之后，阿里巴巴这才从树上下来，拨开灌木丛，走到那块巨大岩石的前面，好奇地学着那个首领的语调，喊了一声：

“芝麻，开门！”

话音刚落，只见那扇石门应声而开。

阿里巴巴本以为那门里是一个小山洞，想必是又黑暗又潮湿，但进门一看，却发现石洞高大、宽敞且明亮，举手摸不着洞顶。他仔细观察，发现石洞上方有一道石缝，阳光从那里射进来，照得整个石洞亮堂堂的。

阿里巴巴和四十大盗

阿里巴巴刚一进石洞，洞门便自动关上了。不过，他并不害怕，因为他自信掌握了开门的暗语。

阿里巴巴朝洞中打量了一眼，只见那里堆放着许多粮食，还有成匹成匹的丝绸、锦缎，另有许多华丽地毯及大袋大袋的金币、珠宝，琳琅满目，光芒四射。眼见这么多的金银财宝堆放在那里，阿里巴巴猜想那四十条大汉定是一帮盗贼，而眼前这些财宝，则是数代盗贼抢劫、聚积起来的不义之财。

面对这些财宝，阿里巴巴想到自己只需要钱，于是从山洞中搬出几袋金币，装在箩筐里，上面盖了些木柴。他把箩筐放在驴背上后，喊了一声：

“芝麻，关门！”

石门应声关上。原来这石门是一扇识暗语的门：人进入石洞前，要说暗语，它方才开启；人进入石洞后，它会自动关上；人出石洞前，要说暗语，它才开启；人走出石洞后，只有说了暗语，它才会关闭，如若不然，它就总是开着。

阿里巴巴赶着毛驴，回到家中，随即把家门关上，高高兴兴地喊来妻子，把三筐金币摆在妻子的面前。金币光芒四射，照得人难以睁开眼睛。妻子看见这么多金币，又惊又喜，心想：“这么多的钱，我压根儿都没见过……该不是他偷来或抢来的吧……”

阿里巴巴看出妻子的惊喜、恐慌神色，于是把自己看到的情况一五一十地讲给妻子听。他讲完，再三叮嘱妻子，千万不要把事情说出去。

妻子听丈夫这样一说，方才心定神安，高兴地数起金币来。

阿里巴巴说：

“这么多金币，你怎么能数得过来呢？我们还是赶快想个办法，把钱藏起来吧！我这就去挖个坑，把金币埋起来，免得让别人看见。”

妻子说：

“你说得对，是要赶快把金币藏起来，免得让人家看见。不过，我们总要知道一下有多少才好哇！我这就去借一个量器，量一量再藏吧！”

“好吧！”

说罢，妻子来到卡西姆家。当时，卡西姆不在家，只有他的妻子在家。阿里巴巴的妻子说：

“大嫂，我借你们家一件东西用一用啊！”

卡西姆的妻子说：

“他婶子，你就挑有的借吧！”

“嫂子，我想借你们家一只木升和一个量杯。因为我买了一些面，没有地方盛，又想量量有多少。”

卡西姆的妻子一听，心想：“阿里巴巴，穷光蛋一个，没有多少钱，能买多少面？我一定要知道他们究竟要量什么，然后就知道我该怎么办了。”

想到这里，卡西姆的妻子在量杯的底部抹了一点儿蜂蜡，而且认定不易被人发现。

片刻后，卡西姆的妻子把一只木升和一个量杯递给阿里巴巴的妻子，并且说：

“他婶子，你用完就还给我。”

阿里巴巴的妻子接过木升和量杯，笑着说：

“大嫂，我用完就来还你。”

阿里巴巴的妻子拿着木升和量杯，迅速回到家中，两个人忙了起来。夫妻俩把金币量好，记清了数目，然后挖了一个坑，埋了起来。

埋好金币，阿里巴巴的妻子赶忙拿起木升和量杯，向卡西姆家走去，把木升和量杯还给了那位富婆，但她没有想到，量杯底下还粘着一枚金币。

阿里巴巴的妻子递过木升和量杯，说：

“大嫂，还你木升和量杯，谢谢大嫂啦！”

阿里巴巴的妻子刚刚离去，卡西姆的妻子马上去抓量杯，往底下一看，发现蜂蜡上粘着一枚金币，不禁大吃一惊，心中嫉妒之火顿时燃烧起来。她心想：“这是怎么回事？阿里巴巴这个穷光蛋一下子富了起来，金币多得数不过来，要用木升量啦……”

卡西姆回到家中，妻子马上迎上去，说：

“喂，当家的，你不要以为自己的钱太多！你错啦！阿里巴巴家里的钱比你不知多多少倍！人家的钱数都数不过来，要用木升来量了。”

听妻子突然冒出这么一句话，卡西姆一时不知道发生了什么事，于是问道：

“究竟出什么事啦？这话从何讲起呢？”

妻子拿着量杯，指着杯底上粘着的那枚金币，说：

“你瞧瞧呀！”

接着，她把阿里巴巴妻子借木升和量杯的事从头到尾向丈夫讲了一遍。

卡西姆拿过那枚金币，翻过来掉过去看了又看，发现那是一枚古金币，认不出是哪朝哪代铸造的。

卡西姆听说刚才发生的事情，瞧着那枚金币，断定弟弟果然有了钱，但他并不为弟弟感到高兴，而是和他妻子的心态一样，嫉妒之火在心中燃烧。

卡西姆一夜没能合眼，第二天天刚亮，他便来到阿里巴巴家。他一进门便喊：

“喂，阿里巴巴，你平时赶驴上山打柴，赶集卖柴，装出一副穷样子，其实你并不穷，你家里有的是金币。你妻子昨天去我家借量杯和木升干什么用？怎么量杯底下粘了这样一枚古金币？”

阿里巴巴听哥哥这样一说，知道事情掩盖不住了，内心里只怪妻子太笨，那么粗心大意，竟然把秘密泄露出去了。事情已经到了这个地步，埋怨又有什么用呢？阿里巴巴自想无计可施，只有老老实实把昨天在山里看到的情况以及得到金币的经过一五一十向卡西姆讲了一遍，并当面表示，愿把金币分给哥哥一部分，并且要他严加保密，千万不要对外人讲。

卡西姆听后，得意地说：

“你瞧瞧，果然不出我之所料。阿里巴巴，你要告诉我，那些金银财宝究竟藏在什么地方，你还要领我去看看那个地方；如若不然，我定到官府去告你，到那时候，你不仅再弄不到金币，就是已经到手的东西，也是保不住的。我嘛，官府会因为告发有功，还可能要赏给我一大笔钱呢。”

阿里巴巴生性忠厚善良，未必是怕哥哥告到官府，倒是愿意让哥哥也得到些钱财，不仅把那山洞的地点说了个一清二楚，还把开门的暗语也告诉了他。

第二天，天还没亮，卡西姆便起床了。一切准备妥当，他赶着十头毛驴，驮着十口箱子，向山林进发了。他走了不多久，就来到了那处坡地，看到了弟弟提到的那棵大树和那块巨大岩石。卡西姆行至巨石前，大声喊道：

“芝麻，开门！”

石门应声开启。卡西姆见石门开了，立即走了进去，刚一跨进门，石门立即关上了。

卡西姆走进石洞一看，不禁惊喜万分，只见那里堆满了布匹、丝绸、锦缎和地毯，金币、银币、珠宝等更是不计其数，金光闪闪，耀人眼目，只觉得比弟弟阿里巴巴说的还要多得多。卡西姆本是个贪财的人，眼见这么多金银、珠宝，不忍离去，真想住在这石洞之中，整天陪伴着这些钱财。他终于想起了自己的来意，想到洞外还有自己带来的十口大箱子和十头毛驴，于是立即动手，把大袋大袋的金币搬到洞门旁。因为他太兴奋了，眼看的是金币，手搬的是金币，心想的还是金币，竟然把开门的暗语忘了个干干净净。他心慌意乱地大声喊道：

"大麦，开门！"

石门纹丝不动。他又大声喊道：

"高粱，开门！"

石门依旧毫无动静。他接着大声喊道：

"豌豆，开门！"

石门还是不开。他再喊。

"萝卜，开门！"

……

卡西姆几乎把庄稼名都喊遍了，唯独想不起"芝麻"，石门始终一动不动。

卡西姆慌了神，放下沉甸甸的钱袋，挖空心思回想开门的暗语，却无论如何也想不起"芝麻"来。他走过去用力地推搡石门，石门一动不动；此时此刻，他已心乱如麻，不知所措，时而望望满石洞的金银财宝，时而望望紧闭的石门……

卡西姆丧命

时近正午，盗匪们纵马向石洞方向驰来。他们老远便发现石洞门前有数头毛驴，每头毛驴驮着一口箱子，断定有什么情况发生，于是快马加鞭急赶而来。

身在石洞中的卡西姆听到马蹄声，知道有人来，心里更加慌乱。

盗匪的首领离鞍下马，站在石门前，高声喊道：

“芝麻，开门！”

石门应声开启。卡西姆见石门打开，急忙向外冲去，与盗匪首领撞了个满怀，顿时跌倒在地。一个盗匪一个箭步冲上去，手起剑落，卡西姆顿时倒在血泊之中。

盗匪们进洞一看，发现有几袋金币在门口堆着，立即将之搬回到原地。他们发现洞中的金币确实少了一些，但并不在意，只是觉得奇怪：此石洞周围地势险要，常人很难来到这个地方，谁又能得知开门的暗语，竟能闯进洞中来呢？

盗匪们思来想去，不知道开门的秘密是怎样泄露出去的，一气之下，将卡西姆的尸首截为四块，石门的两侧各挂上两块，以此警告来洞中盗财宝之人。

盗匪们一阵忙碌之后，走出石洞，盗首喊了一声：“芝麻，关门！”石门应声关上。他们获悉一支商队将打附近经过，一个个翻身上马，扬鞭策马拦截商队去了。

当天夜里，卡西姆的妻子左等右等不见丈夫回来，心中甚是不安。她跑到阿里巴巴家，对阿里巴巴说：

“兄弟，你哥哥到现在还没回来，我真有些担心哪！你哥哥去哪儿了，你是知道的。我真怕他会出什么事……”

阿里巴巴猜想卡西姆肯定遇到了什么麻烦，如若不然，他不会这么晚还不回来。但阿里巴巴显得很镇静，安慰嫂子说：

“嫂嫂，或许哥哥怕别人看见他，有意绕道回城，会迟些时候才到家的。你耐心等一会儿吧！”

卡西姆的妻子回到家中，心急火燎地等着丈夫回来。可是，时已深更，仍不见人回，禁不住低声抽噎起来，暗暗自责道："都是我不好……我为什么把阿里巴巴的秘密泄露给他，致使他财迷心窍，自找罪受！"

卡西姆的妻子忐忑不安，如坐针毡，一夜没有合眼。

第二天一大早，卡西姆的妻子来到阿里巴巴家，求小叔去找卡西姆。

阿里巴巴安慰嫂子一番，随后赶着三头毛驴，向山中走去。

阿里巴巴来到巨石前，见那里有血迹，立即意识到凶多吉少。他走近石门，高声喊道：

"芝麻，开门！"

石门应声开启。他走进石洞，眼见哥哥卡西姆的尸首被分割成四块，石门两旁各挂着两块，不禁惊恐万分。他急忙收起卡西姆的碎尸，又搬了几袋金币，绑成两个驮子，用柴火掩饰好，念了暗语，关上石洞门，赶着毛驴下山了。

阿里巴巴把驮着金币的毛驴赶回自己家中，吩咐妻子把金币藏起来，只字未提卡西姆的情况。接着，他又把驮着哥哥卡西姆碎尸的毛驴赶到嫂子家。

走来开门的是卡西姆家的女奴，名叫麦尔加娜。

麦尔加娜聪明伶俐，颇会办事。阿里巴巴把箩筐卸下来之后，把麦尔加娜拉到一边，小声对她说：

"我有事要对你说，你千万不要对外人讲。"

麦尔加娜说："我会照你的话做的。"

"你家老爷的尸首就在这箩筐里，我们一定要按他寿终正寝来安葬他；我想，你一定知道该怎么办。"

"你放心就是了。"

随后，阿里巴巴走去见嫂子。嫂子一见他便问：

“他叔叔，你哥哥情况怎样？”

阿里巴巴把情况一五一十给嫂子讲了一遍，并叮嘱她说：

“嫂子，千万不要把事情的真相泄露出去！”

阿里巴巴又说：

“该发生的事情，是一定要发生的。事情已成这样，我们只有好好保密，才能保守住我们的财产。”

卡西姆的妻子听说丈夫已死，泪流满面地对阿里巴巴说：

“生死由命，富贵在天，我记住了，一定好好保密。”

“安拉安排定的事，人是无法改变的。赞美安拉，给了我一笔财产，够我们用的了。待你守丧期满，我便娶你为妻，会使你得到幸福的。我的妻子善良贤惠，不会嫉妒你，也不会和你过不去的。我们要好好安葬我的哥哥，让外人认为他是得病而死。这件事，我已交给麦尔加娜去办；当然，我也会为此事而尽力。”

卡西姆的妻子听阿里巴巴这样一说，心想阿里巴巴有了钱，说不定比自己的钱还多；再说，他发现了宝库，日后不愁钱花，于是说道：

“既然你觉得这样好，就照你的意思办吧！”

之后阿里巴巴离开那里，去找麦尔加娜商量安葬哥哥卡西姆的事情，然后才牵着毛驴回自己的家去。

阿里巴巴走后，女奴麦尔加娜来到一家药铺，说她要给一个神志不清的人买一剂药，药铺老板问：

“你家谁病了？”

麦尔加娜说：

“我家主人卡西姆老爷病了。几天以来，他吃不下饭，喝不下水，看上去很危险呀！”

老板给了她药，她拿着药回家去了。

次日早上，麦尔加娜又来到药铺买了一剂药。老板问她：

“你家老爷的病情如何？”

麦尔加娜叹了口气，说：

“不大好啊！恐怕这剂药还没吃下去，人就不在了。”

那天，邻居们看见阿里巴巴和他的妻子不住地出入卡西姆的家门，满面愁容，忙了整整一天。麦尔加娜买药回来时，卡西姆家传出一阵悲痛的哭泣声。麦尔加娜对人们说：

“想不到，我家老爷连这剂药都没来得及服，他就归真了。”

第三天清早，麦尔加娜戴上面纱，来到一家修鞋铺，找到老皮匠穆斯塔法，给了他一枚金币，然后说：

“老人家，跟着我到我家去一趟吧！但要蒙上你的眼睛。”

老皮匠说：

“我可不能去干那种见不得人的事情啊！”

麦尔加娜说：

“我怎会让你去干那种事呢？那是安拉不允许的。”

说罢，又往老皮匠手里塞了一枚金币，并说：

“你只管放心，跟我去就是了。”

麦尔加娜掏出手帕，把老皮匠的双眼蒙上，领着他来到了主人家。她把老皮匠带到停尸房，那里黑洞洞的。她给老皮匠解下手帕，说道：

“皮匠师傅，你把这具碎尸缝合起来吧！做完活，我再给你一枚金币。”

老皮匠穆斯塔法按照麦尔加娜的叮嘱，把碎尸缝合好，麦尔加娜给了他一枚金币，然后用手帕把他的双眼蒙上，把他送回修鞋铺去。麦尔加娜叮嘱老皮匠不要把此事告诉别人，然后离开那里；怕人盯梢，她走了一段弯路之后，方才放心回家。

回到主人家中，她与阿里巴巴一起，用热水洗过卡西姆的尸首，再为他裹上殓衣，放在干净的地方，做好埋葬前的一切准备，才去清真寺向伊玛目报丧，请求他为死者诵经、祈祷。

伊玛目随麦尔加娜来到家中，为死者祈祷、诵经之后，由四个人抬着棺木，向坟茔走去。

麦尔加娜走在送葬队伍的前面，只见她披头散发，捶胸顿足，痛哭失声。走在最后面的是阿里巴巴，由一些邻居陪伴着。

他们一直把死者送到坟茔，埋葬完毕，方才各自回家。

卡西姆的妻子一直待在家中，吊丧的人络绎不绝，要她节哀。由于阿里巴巴和麦尔加娜的巧妙安排，关于卡西姆丧命的真实情况外人都不了解。

四十天丧期过去了，阿里巴巴拿出四分之一的家产作为聘礼，娶嫂子为妻；因为这在当时当地是件普通、平常之事，没有引起人们的任何议论。

阿里巴巴有一个儿子，跟一个大商人学做生意，颇得门道，卡西姆原来经营的那个店铺由阿里巴巴的儿子重新开业经营。阿里巴巴向儿子许诺，如果他能把店铺经营好，日后一定给他娶个好媳妇。

盗匪三次进城

一天，盗匪们来到石洞，发现碎尸不翼而飞，而且金币也少了几袋。盗匪首领说：

“看来我们的秘密被人发现了；若不查出发现我们秘密的那个人，我们这些金银财宝总有一天会丢光的。”

盗匪们听首领这么一说，都表示一定要把那个得知开门暗语的人抓来杀掉。

首领又说：

“要想查出那个人，最好的办法是派一个人进城去探听消息；弄明情况后，我们再派人去抓他。不过，我有话说在前头：谁能完成这项任务，定有重赏；若完不成，那就只有提着自己的脑袋来见我。”

话音未落，一个盗匪站起来说：

“我去完成这项任务！若完不成任务，甘愿听候首领发落，就是为此豁出一条命，我也认为是给自己增光添彩。”

首领说：

“好样的！”

那盗匪经过一番精心化装，于当天夜里潜入了城中。

第二天天刚蒙蒙亮，盗匪便来到了大街上。他发现只有一家修鞋铺子开着门。盗匪走进铺子，说：

“老人家，你好哇！天还这么黑，你就开始做活，能看得见吗？”

皮匠穆斯塔法说：

“你是外乡人吧！别看我这么大年纪，眼神好着呢！前些天，我还在一间黑洞洞的屋子里，给人家缝合了一具碎尸呢！”

盗匪一听，觉得自己的任务完成有望，故意不相信地说：

“老人家，你真会开玩笑。你该是在黑屋子里为死人缝制了一身殓衣吧？”

“不是殓衣，而是碎尸。这件事与你无关，我用不着细说了。”

“老人家，我不想打听什么秘密。不过，我有些不大相信，天下竟有这样的新鲜事。这样的事儿出在哪家呀？”

说着，盗匪掏出一枚金币，塞在了老皮匠的手里，然后问道：

“你前些天给谁家做了那样一件新鲜活儿？”

老皮匠把情况向盗匪讲了一遍，盗匪说：

“你能带我到那里去一趟，或者能把那个地方告诉我吗？”

老皮匠说：

“不过，当时我的眼睛被蒙着，有人领着我去的。”

盗匪说：

“就是蒙着眼睛，想必走了多少路，你还会记得的。这样吧，我把你的眼睛蒙上，我跟着你一道走，说不定会走到那家门前。”

说着，盗匪又往老皮匠手里塞了一枚金币。

两枚金币拿在手里，老皮匠真动心了，他说：

“走了多少路，我倒记得。既然你来求我，我就试一试吧！”

穆斯塔法把两枚金币装在口袋里，随后离开铺子，带着盗匪来到麦尔加娜给他蒙眼睛的地方，让盗匪用手帕把他的眼睛蒙住。老皮匠边走边数着步子，不多时停了下来，对盗匪说：

“那个女仆带我来的地方就在这里。”

这时，老皮匠和盗匪站的地方就是卡西姆的宅门前；而这里如今换了主人，住在里面的是卡西姆的弟弟阿里巴巴。

盗匪知道那是老皮匠缝碎尸的地方，断定晓得开启石门秘密的人就住在这里，于是掏出白粉笔在门上画了个记号。之后，盗匪解下蒙在老皮匠眼睛上的手帕，说道：

“老人家，你帮了我的大忙，伟大安拉会嘉奖你的好意的。请告诉我，谁住在这里呀？”

老皮匠说：

“说实话，我不知道。因为我很少到这里来，不熟悉这里的情况。”

盗匪为自己完成了任务而感到高兴，再三谢过老皮匠，打发老皮匠回去，自己急匆匆赶回山洞去了。

盗匪和老皮匠离去不久，麦尔加娜有事外出，刚跨出大门，无意中看见门上有白粉笔画的记号，立即想到是有人盯上了主人的家门，不禁暗自一惊。她思考片刻，走去拿来白粉笔，在好几家邻居的门上全都画上了同样的记号，却没有在男女主人面前提这件事。

盗匪回到山洞中，向首领报告了情况。首领听后，决定立即带人下山去抓那个偷碎尸和金币的人。

盗匪数人化装赶至那个探匪做过记号的地方，发现家家门上都有用白粉笔画的记号，而且一模一样，连那个探匪也认不出哪个记号是自己画的。首领问：

“家家门上都有记号，究竟哪家是呀？”

那个探匪说：

“我只在一家门上画了记号呀，怎么现在家家门上都有呢？我实在认不出哪个记号是我画的。”

众盗匪只有原路返回，不敢贸然闯入任何一家。

盗匪们回到山洞，首领说：

“我们白白跑了一趟，险些暴露了我们的身份。我已有言在先，完不成任务者，只能提着脑袋来见我！”

说罢，首领示意手下人将那个进城探听情况的盗匪拉出洞外杀掉了。

首领接着对众盗匪说：

“为了保住我们的金银财宝，我们必须把那个知晓开门暗语的人抓到。谁愿意去完成这个任务？”

一个盗匪站起来，对首领说道：

“我愿意去！我相信我一定能完成这个任务！”

首领立即表示同意派他去，且强调说完成任务有重奖，不然，只有提着脑袋来见他。

第二个盗匪满怀立功受赏的希望，当夜进到城中。他采用同样的办法，买通了老皮匠，轻易地找到了卡西姆的住宅，在常人不大留意的门柱上，用红粉笔画了个记号，之后迅速返回山洞，得意洋洋地向首领报告说：

“我已准确地找到了那家人的住宅，在人不留意的地方画上了红记号，一眼就能认出来。”

那个盗匪刚离去不久，麦尔加娜出门时，仔细观察自家大门，发现门柱上有红粉笔画的记号，立即悟到事态严重，遂走去拿了一支红粉笔，在好几家邻居的门柱子上画了同样的记号，与上次一样，没有对主人讲此事。

第二个探匪回山洞报告了情况，首领决定马上进城。

盗匪们进到城中，来到第二个探匪侦察到的地方，却发现家家户户的门柱上都画着同样的红粉笔记号，无法下手，只有回返山洞。

盗匪首领回到山洞，怒不可遏，大发雷霆，下令处死了第二个探匪。

两次打探活动失败，盗匪首领心想：“两个探子，连续失败，先后丧命，看来没有人敢去了。我必须亲自下山，方才能探听清楚。”

盗匪首领决心下定，随即策马进城。

盗匪首领找到那个老皮匠，塞给他许多枚金币，老皮匠领盗匪首领找到了缝碎尸的那家门口。盗匪首领知道画记号是没有用的，只是仔细观察了那家住宅周围的环境，牢记在心中，然后快马返回山林。

女奴滚油浇众匪

盗匪首领赶回山洞，对众盗匪说：

“我已把地点侦察清楚，这一下就可以抓到盗我们宝库的那个人了。”

接着，首领把下山的计划和安排向盗匪们讲了一遍，众盗匪立即分头开始行动。他们从周围的村庄里买来十九头毛驴和三十八口大坛子，其中一口坛子里装满油，另外的三十七口坛子，每口坛子里藏一个盗匪，每头驴子驮两口坛子。一切准备就绪，盗匪首领化装成商人模样，带着驴队下山了。

盗匪首领带着驴队进到城里，天色正好暗下来。

盗匪首领的驴队穿小巷过大街，来到了阿里巴巴的住宅门前。

当时，阿里巴巴刚刚吃过晚饭，正在门外散步。盗匪首领走过去，问好之后，说：

“我是做贩油生意的商人。我打外地贩来这么几坛子油，准备明天去市场上卖。今天天色已晚，想在你府上借宿一夜，喂一喂牲口，明天一早好上市场，老乡能给个方便吗？”

阿里巴巴不久前藏在大树上看见的那个喊“芝麻，开门”的盗匪首领就是眼前要求借宿的这个人，但他已完全认不出来了。他听说来人想借宿一夜，没有多加考虑，马上说：

“没有什么不方便的，欢迎，欢迎！”

说完，阿里巴巴领着“商人”及其驴队进了自己的宅院，并且吩咐家仆：

“喂，麦尔加娜，来客人啦！赶快给客人准备饭菜，安排客房！”

盗匪首领卸下驮子，摆放整齐，给驴子喂上草料，然后吃饭去了。

盗匪首领吃罢饭，阿里巴巴又叮嘱麦尔加娜：

“好好招待客人，不要怠慢他！明天一早，我要去澡堂沐浴，给我准备一套干净衣服，让家仆阿卜杜拉给我送来。此外，还要熬锅肉汤，以备我回来后吃。”

麦尔加娜说：

“老爷，我都记住啦！”

阿里巴巴随即回卧房休息去了。

匪首吃过饭，又去看了看他的牲口和“油”坛子。

匪首见主人已睡，便走到那些坛子跟前，悄声对藏在坛子里的盗匪们说：

“夜半时分，我以掷石子为号，你们立即出来，听我指挥！”

匪首离开牲口圈，在麦尔加娜引领下，穿过厨房，走到为他安排好的客房。麦尔加娜说：

“还需要什么东西吗？”

匪首说：

“谢谢！不需要什么啦！”

麦尔加娜离去，匪首便上床休息。

麦尔加娜为主人取出一套干净衣服，交给男仆阿卜杜拉，然后开始给主人熬肉汤。

过了一个时辰，麦尔加娜发现油灯不亮了，一看才知灯里的油点尽了。她正发愁没有灯油之时，阿卜杜拉走进来，说：

“后面不是放着几十坛子油吗？”

麦尔加娜手里拿着罐子，来到油坛子前，忽听坛子里传出人的低声问话：

“到时候了吗？”

麦尔加娜一惊，慌忙后退了一步，急中生智，随机应变，悄声说：

“还不到时候。”

麦尔加娜心想：“原来这坛子里装的不是油，藏的是人……肯定不是什么好人，那商人也不是什么好商人，一定有什么阴谋。”她急忙走到每个坛子跟前，小声说了“还不到时候”。她联想到这些天门上出现的白、红两色粉笔记号，心想：“我们主人的秘密定是被匪徒们发现了，他们要来进行报复……”

麦尔加娜走到最后一个坛子前，发现里面装的是油，于是弄了一满罐子油，回到厨房，给灯添上油，然后取来油锅，将罐子里的油倒进锅里，架在火上将油烧开。之后，她把滚烫的油装在罐子里，走去给每个坛子里浇进一瓢沸油，藏在坛子里的盗匪们一一被烫死在坛子里，无一能够幸免。

麦尔加娜悄悄用滚开的油浇死了众盗匪，然后不声不响地回到厨房，拨小灯头，继续为主人熬肉汤。

一个时辰未过，盗匪首领推开窗子，向油坛子投了一个石子儿，却不见动静。片刻后，他又投了一个石子儿，仍不见有反应。接着，他投出第三颗石子儿，依旧静寂无声。他心想：“也许他们睡着了……”于是急忙走过去。

匪首走到坛子跟前，一股油腥味扑鼻而来。他朝坛子里摸去，发现伙伴们都已被热油烫死。他再去看那装油的坛子，发现里面的油没有了。他立即意识到自己的阴谋已经败露，如果不马上逃离，恐怕自身难保，于是急匆匆冲入花园，翻墙而过，狼狈逃命去了。

麦尔加娜听到了投石子儿的声音，而且看见盗匪首领走出了房间，却久久不见他回来，断定他跳墙逃跑了。这时，她的心方才安静下来，于是她上床休息了。

次日一大早，阿里巴巴在男仆阿卜杜拉的陪伴下前往澡堂沐浴，对昨晚发生的事情一无所知。

阿里巴巴洗澡回来，太阳已经升起。他看见驴子和油坛子都在原处，觉得很奇怪，心想：“商人为什么不赶早收拾东西到市场上去呢?”

于是他去问女奴麦尔加娜:

“喂,麦尔加娜,客人为什么还不带着自己的货物到集市上去呢?”

麦尔加娜说:

“老爷,愿安拉为你延年添寿,让你活一百三十岁!老爷,你到后面去看看那个商人带的货吧!”

麦尔加娜领着主人来到一个坛子旁,说:

“老爷,你看看这坛子里装的是什么东西吧!”

阿里巴巴走近仔细一看,见里面藏的是一个男子,吓得转身就跑。

麦尔加娜说:

“老爷,不要害怕!那里面的人都是死人。”

“我们的大祸刚刚过去,怎么又有人来暗算我们呢?”

“老爷,过一会儿,容我给您慢慢讲来。老爷先看看别的大坛子里装的都是些什么东西吧!”

阿里巴巴走去一看,发现每个坛子里都有一个全副武装的家伙,但都已被沸油烫得面目全非。阿里巴巴看过,不禁目瞪口呆。过了一会儿,他才问:

“那个油商哪里去了?”

麦尔加娜把阿里巴巴领进屋子,让他坐下来,然后说:

“老爷,看来那个人并不是什么贩油的商人,而是一个坏蛋。”

阿里巴巴说:

“何以见得呢?”

“老爷,过一会儿,我再给您细细讲。肉汤已经炖好,我这就去端来,请老爷先用一点儿吧!”

麦尔加娜端来肉汤，阿里巴巴喝了一碗，然后说：

“麦尔加娜，究竟发生了什么事情，给我从头到尾仔细讲一遍吧！”

“老爷，昨天晚上，您吩咐我炖肉汤并令我准备干净衣服之后，就去休息了。我准备好衣服，交给阿卜杜拉，接着便进厨房点火炖肉汤。时隔不久，我发现油灯灯头渐小，一看才知道灯里没油了。我正发愁之时，阿卜杜拉走来，知道我在因灯里没油而发愁，他就说：‘后面不是放着几十坛子油吗？’他这一提醒，我才想起那些坛子。我走到坛子旁，忽听坛子里有人说：‘到时候了吗？’我听后一惊，慌忙后退了一步，心想那油商不是什么好人，定有什么预谋。于是，我走过去，小声说：‘还不到时候。’我走过一个个大坛子旁，向藏在坛子里的人都说了一遍。这时，我相信他们是一帮坏人，是来谋害老爷的。当我走到最后一个坛子跟前时，发现那里面装的是油，我便从里面弄出一大罐子油，回到厨房，弄来油锅，将油烧开，然后把滚烫的油浇进坛子里，就这样，把那些坏家伙全烫死了。之后，我回到厨房，把灯头拨小，静静地注视着那个自称商人的家伙的举动。大约半夜时分，那个商人往坛子堆里投了三次石头子儿，都没有听见藏在坛子里的人有什么动静，他这才走过去看。我想他知道他的人都已被沸油烫死，也就不敢行动了……”

“他现在在哪里？”阿里巴巴急切地问。

“我没有听见开门的响声，猜想他跳墙逃走了。”

“是这样……”阿里巴巴惊魂仍未安定下来。

麦尔加娜又说：

“前些日子，还发生过一件事，我当时未敢惊动老爷。”

“什么事呢？”阿里巴巴问。

“我连续两天发现门上有用白或红粉笔画的记号，当时，我就想八成我们的家门被坏人盯上了，他们用画记号的办法认我们的家门，所以我也效仿他们的办法，把邻居家的门上也都画上了记号，而且一模一样，他们也就认不出来了。老爷说看见了四十个盗匪，恐怕这帮家伙就是那些坏蛋。他们已死了三十七个，还有三个人活着，定会来进行报复的，老爷务必提防才是。”

阿里巴巴听麦尔加娜这样一说，觉得她的猜想很有道理，打内心里感激不尽。他说：

“麦尔加娜，好机警、聪明的姑娘！我该怎样感谢你呢？”

“我是您的女奴，理当为老爷效力。依奴之见，快把那些死尸埋掉吧，免得秘密泄露出去。”

阿里巴巴唤来男仆阿卜杜拉，令他在花园的树旁挖了个大坑，把尸体全都埋了起来。之后，他又让阿卜杜拉把驴子牵到集市上，分批卖掉。

阿里巴巴相信麦尔加娜的猜测，认为尚有三个盗匪活着，因此时刻保持警惕，以防不测。

盗匪首领丧命

盗匪首领只身一人逃回山林，想到四十个人就只剩下自己，自觉好不凄凉，他甚至不敢再进石洞去看他们抢劫的那些金银财宝。

那匪首终于冷静下来，心想：“我一定要报这个仇；如若不然，这石洞中的宝物也保不住，总有一天会让那个阿里巴巴拿光。”于是，他又想出了一个计谋。

几天之后，他更名改姓，化名盖赫沃吉·哈桑，在城里开了一家绸布店，与阿里巴巴的儿子经营的那家店铺正好相对。

盖赫沃吉·哈桑运来大批绸缎，铺面显得颇为像样，与邻店诸家老板来往甚多，待人接物亦很慷慨大方，很快和大家混得很熟。他得知对面那家店铺的小老板是阿里巴巴的儿子，便对他格外热情起来，不时请他来店里坐上一坐，常常送点儿小礼物，一块儿吃饭交谈。

阿里巴巴的儿子觉得绸布店老板盖赫沃吉·哈桑对自己甚好，便对父亲说了，并求父亲置备酒席，请绸布店老板来家里做客。阿里巴巴一口答应。

第二天，阿里巴巴的儿子来请盖赫沃吉·哈桑去他家吃饭。

说来也怪，当盖赫沃吉·哈桑跟着阿里巴巴的儿子来到阿里巴巴的家门口时，心想报仇的时候终于来临了，但却故意逡巡不前，不想进门。

这时，阿里巴巴走了出来，向盖赫沃吉·哈桑问好，并且说：

“尊贵的客人，你对我儿子那么好，使我感激不尽。既然来到家门口，怎么不进来坐一坐，容我们款待贵客一番呢！”

盖赫沃吉·哈桑假意说：

“你的儿子很懂事，言谈举止非同一般人，而且很会做生意，前途无量，我很喜欢他。不过，我今天不便久坐，日后再来拜访吧！”

阿里巴巴说：

“尊贵的客人，我有意招待您，您怎好不赏光呢？”

“主人先生，您有所不知，我因身体欠适，不能吃放盐的饭菜，故不便在贵府做客。”

“不吃盐，这事好办。现在厨娘正在准备饭菜，我告诉她不加盐也就是了。”

这个佯装为绸缎商的盗匪首领见报仇的时机已来到，也就毫不推辞进门做客了。

宾主坐下，阿里巴巴走去吩咐正在准备饭菜的麦尔加娜，说道：

“喂，麦尔加娜，今天来的客人不吃盐，菜里千万不要放盐。”

麦尔加娜一听，便知道了不吃盐的意思，心中一惊，忙问：

“不吃盐？这位客人是谁？”

“管他是谁，你听我的吩咐就是了。”

“遵命！我一定照办。”

麦尔加娜备好饭菜，男仆阿卜杜拉走过去摆好桌椅。

麦尔加娜端菜上饭时，一眼认出今天那位不吃盐的“客人”并不是什么绸缎商，而是那个寻机报复的盗匪头子，不禁心中一惊。她稍稍留心一看，发现他外袍里藏着一把短刀，心想：“好一个不吃盐的家伙，来者不善啊……我今天决不能放过他！”

阿里巴巴陪盖赫沃吉·哈桑吃罢饭，洗过手，麦尔加娜和阿卜杜拉收拾好碗碟，又端上酒杯、酒壶和水果、甜点。一切摆置停当，麦尔加娜和阿卜杜拉一起退下。

盗匪头子盖赫沃吉·哈桑眼见面前只剩下阿里巴巴和他的儿子，心想：“机会来了……杀死这两个人，我就可以像上次那样跳墙逃走……不过，要等到那两个仆人都去休息后再动手为妙……”他不时地摸摸袍下的那把短刀。

麦尔加娜暗中盯着那匪首的举止，心想：“这一次决不能让这个强盗头子逃掉！”想到这里，她脱去外衣，换上一件舞裙，头上缠起一块色彩鲜艳的头巾，戴上面纱，腰间束上一条绸带，别上一把手柄上镶嵌着珍珠宝石的匕首。之后，她让阿卜杜拉拿着铃鼓，二人来到客厅，说：

“老爷，尊贵的客人，让我为你们跳个舞，为你们开怀畅饮助兴吧！”

阿里巴巴说：

“尊贵的客人，这是我家的女奴和男仆，想图个热闹，请勿见笑。”

麦尔加娜得到主人的同意，阿卜杜拉打起铃鼓，麦尔加娜且歌且舞。

盖赫沃吉·哈桑眼见这个舞女在自己的面前转来转去，不停地舞蹈，不住地歌唱，心想：“这岂不白白送掉了我动手报仇的良机……”

麦尔加娜的舞兴特别浓，舞姿显得格外优美，动作潇洒自如，时而拔出腰间的匕首显示出自卫的姿态，时而又像要把匕首插向自己的胸膛，使人看后觉得眼花缭乱，猜测不出舞姿的含义。

一阵急促的铃鼓声过后，麦尔加娜的舞蹈结束了。她气喘吁吁地从阿卜杜拉手里接过铃鼓，一手拿着匕首，一手端着铃鼓，就像卖艺人向观众讨钱那样，一一走过主、客面前。阿里巴巴首先向铃鼓中投了一枚金币；继之，他的儿子也向铃鼓里扔了一枚金币。当麦尔加娜来到客人面前时，盖赫沃吉从怀中掏出一枚金币，正要往铃鼓里搁时，麦尔加娜手疾眼快，举起匕首一下刺入了他的胸膛，只见鲜血直流，这位客人登时一命呜呼。

阿里巴巴及其儿子眼见客人死去，不禁大惊失色。过了好大一会儿，阿里巴巴才说：

“麦尔加娜，你这个该死的丫头！你闯下了大祸啦！你毁了我，也毁了我一家呀！”

麦尔加娜说：

“老爷，不是的，我救了您，也救了您一家。您掀开他的袍子看一看，他身上带的是什么！”

阿里巴巴走去一掀客人的袍子，见他怀里揣着一把短刀，这才恍然大悟。

麦尔加娜说：

HGT

“老爷，您今天招待的不是什么贵客，也不是绸缎商，而是前两天来过的那个油贩子，就是那四十个盗匪的头子。他说不吃盐，意思是说不到您家做客，要到贵府寻机报仇。”

阿里巴巴终于想起自己在山中第一次看见盗匪的情景，又想到卡西姆的碎尸，不禁出了一身冷汗。他说：

“麦尔加娜，好姑娘，你两次从盗匪头子的手下救出了我的生命，我应该报答你的救命之恩哪！”

阿里巴巴思考片刻，然后说：

“麦尔加娜，我的好姑娘，我现在宣布释你为自由人，不再是我的女奴了。你忠诚、老实、机智、勇敢，我要把你许配给我的儿子，愿你俩成为恩爱夫妻。”

阿里巴巴转过脸去，对儿子说：

“孩子，麦尔加娜是个聪明、善良、勇敢的姑娘，她胆大心细，两次救了我的性命，功劳非同寻常。我今天才认清了这个假绸缎商、真盗匪头领的面目。正是麦尔加娜姑娘救了我们一家人。你就与她结为百年之好吧！”

儿子欣然同意父亲的安排。

之后，他们一起动手，把盗匪头领的尸体埋在花园的树下。他们对此事一直严格保密，没有向外人透露任何消息。

尾 声

过了几天，阿里巴巴请来法官和证人，为儿子和麦尔加娜写了婚书。一切准备就绪，便择定吉日良辰，为儿子举行隆重的结婚典礼，摆筵席，请宾客，张灯结彩，鼓乐齐鸣，热闹非凡。

四十名盗匪，只死去三十八个，还有两个下落不明，因此阿里巴巴整整一年时间，没有到山里去，唯恐出现不测。

一年过去了，那两名盗匪从不曾露面，故阿里巴巴认定他俩也已死去，这才来到石洞前，大声喊道：

“芝麻，开门！”

话音刚落，石门大开。阿里巴巴走进山洞，见那里的东西不曾有人动过，甚感放心。这时，阿里巴巴才相信自己是世上唯一掌握宝库秘密的人，庆幸自己运气好，由一个卖柴为生的穷苦人，一下子变成了富翁。阿里巴巴带着几袋子金币，回家去了。

后来，阿里巴巴把开石门的秘密告诉了儿子，儿子又告诉了孙子，子子孙孙都过着富裕的生活。

阿里巴巴的子孙都很珍惜他们的好运气，从不骄奢淫逸，所以代代兴旺，久为后世之人传颂。

李唯中　译

阿拉丁和神灯

相传古时候中国有个物产丰富、地域辽阔的大省，可惜省名我已经记不住了。在那省城里住着一个叫穆斯塔发的裁缝。这门行业注定了他是个普普通通的老百姓。穆斯塔发穷极了，每天挣的手工钱连老婆和儿子都难养活。

独子阿拉丁自出娘胎就是个调皮捣蛋、生性乖张的顽童，养成许多不良习性：诡谲、执拗，从不听父母的管教。年岁稍长，在家里一刻也待不住，每天一早出门后可以整天和那一带同龄的小家伙厮混在一起。

阿拉丁到了该学手艺的年纪，他爹无力将他送出去，只好把他带到自家的铺子里，教他引针拈线，学点活计。但不管父亲好言相劝还是责打恫吓，阿拉丁好动的天性怎么也改变不了，父亲让他留家学艺的一番心血算是白费了。只要老人前脚一出门，阿拉丁跟着也可以一整天不照面。穆斯塔发使尽了一切手段，阿拉丁依然如故，他心里好不难过，无奈只得由着他，但眼睁睁看着儿子如此不听管教，老人忧愤成疾，几个月后便一命呜呼了。

阿拉丁的母亲看着儿子已不可继承父业，便关了裁缝铺，变卖了一应什物，用到手的钱和摇车纺线的收入谋生糊口。

现在的阿拉丁觉得无须再受父亲的约束之苦，也不用多管母亲的事。母亲要说上几句，他可以扭头上街和那帮朋友没日没夜地在外面游荡。就这样，他混到了十五岁，从没有正经考虑过一件事，甚至想都没想过今后会成个什么样的人。一天他和往常一样在街头和一班狐朋狗友戏耍，一个过路人停住脚步，上上下下打量起他来。

这个陌生人是个有名的魔法师，故事的作者称他为非洲魔法师。这个地道的非洲人两天前才来到这里。

这个魔法师是个高明的术士，他注意到阿拉丁的面相完全合乎他这次外出完成任务的需要，于是，他先打听了他的家庭情况，为人如何，喜欢什么。想了解的都打听得一清二楚后，便过去把阿拉丁从那伙人中拉出来，问他："孩子，你父亲不就是那个叫穆斯塔发的裁缝吗？""是呀，先生，"阿拉丁回答道，"可他早就死了。"

一闻此言，这个非洲魔法师双手搂住阿拉丁的脖子，含着两汪眼泪，一个劲地亲吻他。阿拉丁看他泪流满面，奇怪地问他为什么要哭。"唉，我的孩子，"魔法师叹了口气说道，"我怎能忍受。我是你大伯，你父亲是我亲兄弟。多年来我一直走南闯北，今天回来满怀希望要见他，可你告诉我他死了。多年来期待的幸福聚首一旦被剥夺，对我实在是巨大的痛苦。但令人宽慰的是我还能忆起他，今天一眼就认出了你。你多么像他，我决不会看错的。"说着他两手插进钱袋，问阿拉丁母亲的住地。阿拉丁刚把自家的地段说清，他马上掏出一大把金币，说道："孩子，找你母亲去吧，替我向她问好，让她知道你大伯明天一定去拜望。时间要是富余，我会去看看我好兄弟生前和死后的住处。"

魔法师刚和新认的侄子分手，阿拉丁就飞也似的跑到母亲身边，喜气洋洋地给她看伯父给的钱。"妈，我有个伯伯吗？""孩子呀，无论我还是你爹都不曾有过兄弟。"母亲回答说。"那我刚才见了一个人，他认我为他侄子，并自认是我爹的哥哥。我一说爹死的事，他又哭又搂着亲我。”为了显示说的句句都是实话，他亮出了金币，说道，“您瞧这都是他给的，他要我代问你好，还说如果明天有空，一定上门拜访，同时想看看爹曾住过并在那里去世的宅子。”“这话对了，”母亲说道，“你父亲是有过一个兄弟，不过早就不在世上了，此外再也没听说过别的叔伯。”

这天晚上，母子两人一直谈着这个非洲魔法师。次日，阿拉丁的“伯伯”发现他的侄子在另一个区里正和另一帮顽童在玩耍，他又上去和昨天一样搂着他，在他手心里放了两枚金币，说道:“快去交给你妈，就说我今天晚上去做客，别忘了弄点晚饭。现在再指给我看看你家的地点。”

阿拉丁指明了道路，回家把两枚金币交给母亲，告诉她伯伯的意图。母亲忙出门买了好些酒菜。考虑到需用许多盘罐，她向左邻右舍央借。一整天，她在厨房里准备那顿晚饭。天擦黑，饭菜齐备，她叫来阿拉丁说:“你大伯可能摸不清路，找不到我们家。你出去瞧瞧，碰见了就给他带路。”

阿拉丁明知已给魔法师指了路，但还是很愿意出去。正待动身，传来了敲门声，他一开门，魔法师来了，手里拎着瓜果礼酒，这是他带来的饭后甜食。

魔法师把手里的东西交给阿拉丁，向女主人问了好，立刻要求把兄弟生前坐惯的椅子指给他看。她照着做了。魔法师挨过去，伏倒在地，连吻几次，泪流满面，哭喊道:“可怜的兄弟！我多么不幸，没有及时赶来最后和你拥抱一次。”

阿拉丁母亲让他坐在那把椅子里，但他执意不从。“不行，我不能这样，”他说道，“请允许我坐在它对面。如果我无缘看到屋里的男主人如此亲切款待我，至少我还能高兴地看到他平时坐惯的椅子。”女主人无法强迫他，只得由他随意选了个座席。

魔法师找个地方坐下后，开始和阿拉丁母亲攀谈起来。“我的好弟妹，你莫见怪，”他说道，“自你嫁给我兄弟穆斯塔发后，从没见过我一面，我们互不相识。掐指算来，我和小兄弟分手以来离乡漂泊远方已有四十个年头了。这些年来，我跑遍了印度、波斯、阿拉伯半岛、叙利亚和埃及，住在那些国家壮丽宏伟的城市里。随后我进入非洲，一住多年。最后牵挂起万里之遥的家乡和亲人骨肉。我多么想拥抱我兄弟。当我还有气力和决心长途跋涉这段漫漫的路途时，便立时准备好必要的行装，踏上归途。我不想倾诉花费了多少时间、历经了千辛万苦和吃尽了各种苦头才回到这里，什么也比不上我听到兄弟的死讯后心头的痛楚和折磨。我对他永远怀有骨肉之情和爱。我在小侄子、你儿子的脸上看到了兄弟的形象，很容易从一起玩耍的孩子堆里找到了他。是呀，他一定跟你说了我起初一听到那伤感消息时的情景。万事感谢主，最令人宽慰的是我在兄弟子嗣的身上又找回了他。孩子简直跟他长得一模一样。”母亲思念丈夫之情油然而生，眼泪汪汪地啜泣起来。魔法师话锋一转，朝向阿拉丁问他叫什么名字。

“大家叫我阿拉丁。”

“好的，阿拉丁，那你学了些什么手艺？干哪一门行当？”一听这问话，阿拉丁脑袋一耷拉，无言可答。一旁做妈的替他回了话：

“这个不中用的家伙，他爹活着的时候使了多大劲教他学裁缝，终究也没能成功。他一死，我更说不动了。你也看见了，他整天里游手好闲在街上逛，从不想想自己早已不是个孩子了。要是再无法让他懂得人间还有‘羞耻’二字，让他早日改邪归正，我看他是一辈子也学不好了。他知道他爹没有留下什么，也看见我没日没夜地纺线挣几个面包钱。我早想着有一天把他撵出家门，让他自己找饭吃。”

母亲说着，伤心得泪水汪汪。

“这哪像话，侄儿，”魔法师朝阿拉丁数落开了，“你也该考虑自己挣钱吃饭了。世界上手艺活千千万，有的或许你不喜欢，你也可能不爱干你爹那一行，想做点别的，都可以。只要不嫌弃我，我会尽力帮你。”

他发觉阿拉丁没有接嘴，又说道：“如果现在你还拿不定主意学哪门手艺，但只要为人老实，我可以给你开个铺子，备齐各色高级呢绒布料，和那些商人学做生意。交易赚了钱再购置新货，这样也可以过个体面的日子。看看你喜欢什么，不用顾虑，随时可以告诉我，我保证决不食言。”

这个主意使阿拉丁大为高兴。他极端厌恶劳动，知道这类店铺十分引人注目，顾客经常光临，店东一般也是受人尊敬、有地位、有身价的人士。他于是告诉魔法师非常喜欢这类职业，他本人将毕生感谢其大恩大德。

魔法师立刻表示：“既然我说的行业合你的意，我明天先带你上街，给你穿上本城富绅的漂亮衣着，然后计划开一家合适的店铺。”

阿拉丁母亲刚才怎么也不信这个魔法师会是她丈夫的哥哥，但听了他答应为儿子开店办货后，心头的疑虑登时冰释。她一面感谢他的好意，同时规劝儿子要以能干的伯父为榜样。餐桌上，三人天南海北聊了一通，直到天很黑了，他才告别母子离去。

翌日，魔法师按时来到，带上阿拉丁进了一家大店，那里出售各式上等成衣。他向老板要了几套合阿拉丁身材的衣服，挑了一身最华丽的，也让孩子自己挑一些他喜欢的。阿拉丁对好心的伯父的慷慨施予满心欢喜，选了一套。魔法师对看中的衣物立刻付钱购买，毫不还价。

阿拉丁换上新衣，从头到脚仪表堂堂，高兴得向伯伯连声道谢。魔法师也一再表示决不半途而废，要一辈子把他带在身边。他又领着侄子到城里最繁华的地区，特别挑选那些商贾云集、店铺集中之处。他们走在热闹的大街上，魔法师指着出售质地最上等的衣料和布匹的店铺，一边教导阿拉丁说："你马上也会和这些老板一样是生意场上的人，所以必须勤于走动，跟他们混熟才好。"接着，他将城里最大最巍峨的清真寺指点给阿拉丁看，带他去巨商富贾落脚的旅馆和商栈，领他踏进他可以自由出入的苏丹王宫，最后，他们来到魔法师下榻的住地，请来一批又一批他来后认识的富商们吃饭，介绍他们认识他的假侄子。

饭吃到深夜，当阿拉丁向伯父告辞时，魔法师以安全为由，不让他单独回家，亲自陪着他到母亲跟前。母亲眼见跟前盛装的儿子，服饰优美，一表人才，不禁喜出望外，也对魔法师在儿子身上如此盛情的关怀千恩万谢。

"好兄弟，"她说道，"对你的大度与恩情，我实在无以为报。我知道阿拉丁可能会辜负了你的一片好意，他不值得你如此费心。我衷心感谢你，愿你长命百岁，等着他给你回报。没有你苦心的规劝，这孩子永远不会有良好的表现。"

"阿拉丁是个好孩子，"魔法师回答道，"他聪明能干，我相信我们可以做得很好。有一件事我答应了，但明天无法完成，实在抱歉得很。因为明天是星期五，店铺都休息，找不到一家可以盘顶或租赁，这件事留到星期六办吧。但明天我还过来，带他去头面人物常去的花园里走走。他过去总和野孩子在一起，肯定没见过这些娱乐设施，从今以后要见见世面了。"说完，告别了母子回去休息了。阿拉丁今天一身新衣裳，满心欢喜地等着明天去城外的大花园里散步。他从没出过城，更没见过什么奇花异草的美丽庭园。

第二天，阿拉丁早早起床，穿着整齐等待伯父到来。在家等了一阵，不耐烦地走到门外，终于看见他远远过来了，便告辞了母亲，向他奔去。

魔法师紧紧拥抱着跑到跟前的阿拉丁。“跟我走，好孩子。我今天让你开开眼界。”说罢拉着阿拉丁穿过一座城门，参观了几处带花园的府邸，其华丽优美应属皇宫无疑。

魔法师每进一处必问阿拉丁，如果他觉得不中意，可以再参观另一家。孩子每到一地，高兴得直嚷：“伯伯，这个园林比刚才看的哪一处都好。”就这样，这个狡猾的魔法师用漂亮的手法完全笼络住了阿拉丁的心。这时，他考虑到来此的目的，便找个借口，假装走累了，在一个花园里寻了个地方坐下来。那里清澈的泉水从黄铜的狮子嘴里不住地喷出。

“来吧，侄子，和我一样你一定也累了。歇歇脚再走。”

说着，他解下腰带把一包准备好的甜饼和水果放在石头上，把饼一掰两半，一半递给侄子，水果则由他选喜欢的吃。便餐时，他谆谆规劝孩子今后不能再和街上的二流子混在一起，要从人们的谈吐中窥出对方的智慧和谋略。

“你呀，很快就要进入上流社会，必须尽快地模仿他们的言谈才好。”

水足饭饱，两人又起身，走遍了一个又一个大花园。园与园之间并无围栏，只种了些不挡路的小树做标线。这里的居民彼此间是何等的信任。就这样魔法师带着阿拉丁穿林越地，不知不觉间来到郊野的一座山脚下。

阿拉丁长这么大从没走过这么远的路，他已经很累了。

“伯伯，还要去哪里？我们离开那些花园已经好远了，面前只有大山。还要走的话，我怕是回不了家了。”

“别害怕，大侄子，”假大伯说道，“我再带你去看一座花园，它可比刚才看过的更胜一筹。路不远，几步就到。你只要看过，一定会说：这么近的路为什么不过来看看。”

阿拉丁同意了。一路上魔法师为减轻疲劳和“缩短”路程，他滔滔不绝地讲了许多故事。

最后两人来到两座山前。山不高，一模一样，窄窄的山谷正好把两山分开，这里就是魔法师的目的地。他不辞辛劳，远道跋涉来到中国，又把阿拉丁哄到这里，目的就是要完成他的一项计划。

“好了，目的地到了。”他对阿拉丁说道，“我要给你看几件宝贝，凡夫俗子是无缘见到的，你看了一定会高兴得谢我。现在我要点火了，你去近处捡些干枝枯叶帮我拢起火来。”

枯干树枝满地都是。魔法师还没点着火种，阿拉丁已经捡了一大堆。火点着了，火焰融融，魔法师嘴里念着阿拉丁听不懂的咒语，抓起一把随身带来的沉香，撒在火堆四周，霎时火堆上空升起一片浓烟，大地突然震动起来，地表正在他们前面裂开，露出一块半码见方的云石板，中间安着一个用作提手的铜环。

阿拉丁大叫一声，吓得拔腿要跑。魔法师怎能放跑了这有用之才，他把他一把抓住，怒骂声中一巴掌扇了过去，差点把牙齿都打进肚里去。可怜的阿拉丁战栗着爬起来，啜泣着问道：

“伯伯，我怎么了，要挨你的打？”

“当然有理由。”魔法师回答说，“我是你伯伯，等于你的生身父亲。凡是我吩咐你做的事，必须马上照办。孩子呀，”他放松了口气接着说道，“如果你想得到我许诺的一切，只有一个条件，就是我说什么你做什么。”

漂亮的诺言使阿拉丁的恐惧和愤懑立时烟消云散，魔法师一看他的话已奏效，进一步说道：

“看见我撒的沉香和咒语的效力了吧。你要知道，在这块石板下埋着一座宝库，它注定归你所有。天底下谁拥有了它，一下子就比最富有的王孙公子还富有。世间除了你，没有人可以去搬动这块石板。揭开后走进去！我是被禁止的，就是石板挪开后也不能入内，所以你必须准确无误地执行我的命令。要记住，这件事与你与我都有着根本的利益。”

阿拉丁对眼前的一切惊叹不已，又听说开启了宝藏还可以使他终身受用不尽，把方才挨打的事忘得一干二净，他一骨碌爬起来，对魔法师说道：

“伯伯，该要我怎么做，你就说吧，我一定听话。”

“听你这么说我太高兴了。”魔法师走过去亲亲他，“现在你过来，按我说的抓牢那个铜环往上提。”

“可我的气力不够，一人提不动，你来帮我一把。”

“你不能指望我帮忙，”魔法师说道，“我一插手就会前功尽弃，现在只能靠你自己的力量。抓住铜环，默念你父亲和祖父的名字，用力提，石板是很容易揭开的。”

阿拉丁按魔法师的吩咐挺轻松地移开了石板，放在一边。石板下面是个三四尺深的洞穴，有一扇小门，可以顺阶而下进入更深处。

“孩子，留神！必须按我说的去做，”非洲魔法师叫道，“先下洞穴，走完石级有一扇开着的门。进门是一间大厅，共分三间，每间屋的一边都放着四口大铜缸，盛满黄金白银，但你千万别碰它们。走进第一室之前，记住把长袍的大摆挽在腰间，系紧，然后快步走过，接着走过第二、三室。记住，绝对不能停步。此外，身体一定不能碰着墙壁，连衣服也不能擦着，否则你会马上死去。走完第三室你会发现另一道门，推开便是一座果树林立的花园。沿路，你穿过花园，尽头是五级台阶，台阶上方是个平台。你会在平台上看到

HGT

一座壁龛，里面点着一盏油灯。小心取下油灯，下台阶后拔掉灯芯，倒尽灯油，藏在胸前，带出来给我。别怕灯油弄脏衣服，因为它不是日常的油，一倒空油灯也干了。出来时如果想吃园里树上的果子，爱吃什么尽管摘。”

吩咐完了，魔法师从手指上摘下一枚戒指戴在阿拉丁手上，告诉他戒指可以祛邪化险，保佑平安。

“小伙子，大胆地下去吧，等你出来时，我们一辈子都受用不尽了。”

阿拉丁跳进洞里，走下梯级，果真发现像魔法师说的有三间屋子。他小心翼翼、全神贯注地走过屋子，不停步地穿过花园走上平台，从壁龛里拿出油灯，摘掉灯芯，倒空灯油，按魔法师的吩咐深深地藏在衣服里。当他走下平台时，油灯已全干了。这时他才敢在花园里站下来，望着进门时匆匆一瞥的树上的累累果实。树上挂的是特殊的果子，五彩缤纷，灿烂耀眼，每树各异：有的纯白如雪，有的清澈如冰晶，还有的鲜红、湖绿、莲青、纯紫、鹅黄、玫瑰色……总之是各色水果。如果仔细看，懂行的人便会认出那雪白的是珍珠，清澈的是钻石，深红的是红宝石，玫瑰色的是尖晶石，湖绿的是绿刚玉，紫的和蓝的分别是紫水晶和绿松石，鹅黄色的也都是宝石。数量多得不可胜数，一颗颗都硕大名贵，过去哪里见过如此美景。阿拉丁对这些珠宝的价值一无所知，他只当是普通的彩色玻璃球，所以起先只摘了点“无花果”和“葡萄”，但对这些五光十色的色彩和奇形怪状的样子倒挺喜欢，因此每种挑了一样，装满了两只口袋，又把伯父买给他的新长袍的兜里也装满了。实在没地方盛了，便挂在腰带上，包在宽大的丝衬衣里，最后连胸前都塞得鼓鼓的。

阿拉丁装满了他一无所知的价值连城的财富，又小心翼翼地穿过三间大厅。他不想让伯父久等，急忙爬上梯级来到洞穴里。上面魔法师果然急不可耐地等着，阿拉丁一见他，喊道：

“伯伯，搭把手拉我上去。”

“把油灯先递给我，”魔法师说道，“你走路不方便的。”

“伯伯，我现在拿不出来，它对我走路没什么不方便，我一上去马上给你。”

这个非洲人忽然变得异常的固执，他非要先把灯拿到手才拉孩子上来。而阿拉丁呢，全身的东西压得他动弹不得，掏不出灯，自然没法先把灯交出来。魔法师看见孩子这么固执地违抗他的要求，脾气上来了。他向孩子大发雷霆，奔向火堆，又往里撒了些沉香，口里念了两句咒语，那块云石板忽地盖上，大地又将洞口合拢成原状。

非洲魔法师的所作所为清楚不过地表明了他既不是阿拉丁的伯伯，也不是裁缝穆斯塔发的哥哥，他只是个非洲的土著人。要知道，非洲这个地方的居民比世界上任何地区的人都热衷于巫术，而这个人从小就醉心于此道。他积四十年的经验对玄虚道学、沙土占卜、焚香熏蒸无不门门精通。他在埋头钻研、阅读古籍时，发现世界上有一盏神灯，谁要是拥有了那盏神灯，那么获得的威力将是世界上任何王公大帝所无法企及的。在后来的一次沙土占卜中，他发现了神灯原来埋藏在中国中部，地点和环境上面已经交代过。他充分证实了自己的发现后便从非洲的最西部出发，起程前往中国。路途漫漫，风吹雨打，终于到达了离宝藏最近的这个城镇。可事情并不那么简单，他虽然知道了神灯的地点，但自己不能进去取，灯必须借他人之手取来给他。正是由于这个原因，他找到了那个无足轻重的小伙子阿拉丁来完成这项任务。他早准备好，灯一到手便焚香熏蒸，念出咒语，把石板复位。这个可怜的阿拉丁就是他贪婪和狡猾的牺牲品，而且旁人绝对找不到任何目击的证据。

他扇的一巴掌，气势汹汹地行使他的绝对权力，只是为了恐吓阿拉丁，使之更能俯首帖耳地服从。他以为只要他一开口索要，神灯便会乖乖地递到他手里。但是他在对可怜的阿拉丁实施毒计时，过于旺盛的火气及又怕两人争执时有人过来发现他力图保守的秘密，竟产生了完全意想不到的负面效果。

当这个非洲魔法师看到他的巨大努力已经永远无法实现，便打定主意回非洲了。他绕道，远远离开城中心往回走。他怕刚才有人看见他带着孩子出城，但回家途中却只剩单身一人，于是由怀疑而产生不必要的盘问。

从一切迹象看，阿拉丁已不复存在于世了。魔法师在阴谋杀害阿拉丁时，也把他在阿拉丁手上套过戒指这件事忘得一干二净。更有趣的是，这个小东西和神灯的失落并没让他过于失望，因为干魔法师这种行业往往事与愿违，心想而事不成，次数一多，也就无所谓了，毕竟他终日沉浸在虚无缥缈的梦想里。

至于阿拉丁，他从未怀疑过这个假伯伯，现在进了这个圈套，经受了这一切后，他的意外和诧异不是言语所能形容的。当发现自己已被活活埋葬在地底下时，他大声呼救，喊着告诉伯伯他正在拿灯给他。可是一切已无济于事了，地上听不到他的哭喊，他毫无疑问被囚禁在地下室里。最后他哭累了，慢慢走下台阶，打算到有亮光的花园里去，但原来靠魔力打开的门此刻又由于魔力而紧闭了，他重又哭哭啼啼坐在石阶上，对再度能看见天光已完全绝望，静等着由眼前的一片漆黑进入那永恒的死亡天地。他就这样滴水未进枯坐了两天。到了第三天，看来是活不成了，他扭着双手祈求全能伟大的主解救他。在扭动双手时，无意间擦着了手指上魔法师给他戴上的戒指——对这枚戒指，原先魔法师对其功用也不甚了解——说时迟那时快，他只一擦，刹那间眼前出现一个身躯高大、相貌奇丑的精魔，硕大的脑袋顶着洞顶。

“您想要什么，奴仆在此静听吩咐。谁戴着您手上的戒指，我就是谁的奴仆。”

平时阿拉丁哪里见过这种阵势，一见眼前如此恐怖的情景，一定会吓得张口结舌、魂不附体，但现在身陷绝境的情势下，他已经无所畏惧，于是毫不犹豫地回答说：“不管你是谁，有能力的话让我离开这里。”话音未落，大地开裂，阿拉丁发现自己正好站在魔法师带他来的地方。

他在伸手不见五指的黑暗中待了两天，双眼一时适应不了刺眼的阳光，等眼睛舒服了才睁眼环顾四周，使他惊骇的是竟然找不到一丝一毫裂开的入口痕迹，他对自己能如此迅速地返回地面更为茫然。周围平坦光整如初，只有火堆的焦炭还能作为判断洞穴入口的线索。转身远远望去，花园丛中露出城区的轮廓，隐约可辨魔法师带他过来的道路。他由衷地感谢主使他死里逃生，意想不到地能重回大地，举步踏上了回城的路途。

阿拉丁满心欢喜地走到母亲的门旁，但由于三天三夜没吃没喝，他两眼一花晕倒在地。母亲这几天由于儿子失踪，正伤心落泪，忽见阿拉丁回来并倒在地上，便手忙脚乱地帮他恢复知觉。阿拉丁醒来，第一句话便向母亲要吃的。“妈妈，给我点吃的，我已经三天滴水未进了。”母亲把家里能吃的都端到他面前，坐下后说道：

“儿子呀，别着急，真是太危险了。现在先吃点东西，养养身子。我也不要你说话，恢复了身子有的是时间告诉我发生的一切。能再见到你对我就是莫大的安慰。星期五那天，深夜了还没见你回来，我又伤心又苦恼，不知你出了什么事。”

阿拉丁听着母亲说话，稍稍吃了点东西，喝了点水。有了精神后便跟妈妈诉说起来。

“妈妈，不是我要抱怨你，你不假思索地把我交给了一个存心想谋害我的人。如今他肯定以为我已经死了。是啊，你我都不怀疑他是我伯伯。面对一个对我如此慈祥爱怜，给我这么多深情厚谊的人，我们谁还能说什么呢？但是，妈妈，我现在可以告诉你，他是一个心怀鬼胎的大骗子、大坏蛋，他阴险、自私，让我完成了对他的承诺后还要我死。是什么原因让我和你看不透他呢？我这方面，我保证决不隐瞒任何施加于我的毒计。你呢，当你听完了我给你讲的，从我们分手后到他玩弄毒辣诡计为止的种种表现，你自己去判断他的为人好了。”

阿拉丁开始把星期五那天的种种遭遇一五一十全说给了母亲听。他们先去游园，再出城到了两山间的峡谷里出现奇迹的地方。魔法师怎么往火里撒沉香，怎么念咒语，然后大地开裂，出现了一个黑黝黝的洞穴。正是它通向一个无价的宝库。他没忘记说魔法师扇的一巴掌和他在什么情况下态度软了下来，然后魔法师给他套上一枚戒指后，他如何下到地洞里。他详细描述了三间厅屋、美丽的花园和到手的神灯。说着他从胸口掏出那盏油灯和返回时采摘的满满两口袋五颜六色的透明“果子”，把它们交给母亲。这些名贵宝石色彩斑斓，被油灯一照颗颗如太阳般熠熠生辉。但她和儿子一样，不识这些价值连城的宝物，所以看了一眼也不以为意。他娘自小生长在中产阶级家庭，和穷困潦倒的丈夫一起生活后，无缘见到这些宝物。不用说她，就是她的亲朋好友、邻里街坊也都不曾见过这类奇珍异宝，所以我们也不必大惊小怪，说她太不识货。她只能对它们瑰丽的色彩赞不绝口。

阿拉丁在坐椅的软垫后藏好了宝物，接着给妈妈讲他回到洞口，答应出洞后再掏灯时，魔法师又往火里撒了一把沉香，念了几个字，那块石板忽地挡住了他的去路，大地复又合拢。眼见自己将被活活埋葬在那凄凉阴森的洞里不得生还，他不禁号啕大哭，直到无意中擦了一下手指上的戒指才又回到人间。他讲完了这三天的经历，对母亲说道：

“其实无须我多说，你都清楚了，以上是你重见我前，三天来的经历和遇到的种种艰险。”阿拉丁的母亲静静地听着，没有打断儿子的叙述。她耐心听完了这个惊险神奇的故事，凡此种种，深深打动了做母亲的心。她深爱自己的儿子，当她听到魔法师背信弃义那最让人激愤的一段时，不由自主地表现出深恶痛绝的神色。阿拉丁讲完后，她不住口地骂那卑鄙的骗子，称他是个无义的小人、野蛮人、杀手、骗子、全人类的仇人。

“毫无疑问，孩子，”她说道，“这人专搞巫术，是个巫师，而巫师是全世界的瘟疫。他们利用自身的巫术魔法，整日里和魔鬼交往。感谢主把你从他邪恶的阴谋中拯救出来。”

她数落了一大堆巫师的不义行为，后来发现阿拉丁已是三宵不曾合眼，讲话时不住地打盹，便打发他快去睡觉，她自己不久也去休息了。

阿拉丁在地底下的三天三夜里确实没合过眼，这天晚上，他甜甜地一觉睡到天亮。第二天一睁眼，和母亲说的第一句话就是讨吃的，但母亲实在无力再弄出一顿早餐给他高兴一下了。

“唉，孩子呀，”母亲叹了口气，“我连一片面包都没有了，昨天你把所有的东西都吃完了。不过别着急，我很快能给你弄吃的。我纺好了一点棉纱，这就上街去卖了，拿钱给你买午饭回来。”

“妈，棉纱先放着，”阿拉丁说道，“把昨天那盏油灯给我，我去卖了它，钱足够买到早餐和午餐，说不定连晚上的都有了。”

母亲取过灯来，跟她儿子说：

“灯拿来了，就是太脏。洗干净擦亮点可以多卖几个钱。”

她抓了把细沙和上水，动手准备擦洗。才一擦，面前立刻跳出一个凶神恶煞般的巨人，粗声粗气地对她说：“您想要我做什么？我是您的奴仆，也是这盏灯主的奴仆。我和其他奴仆都是如此。”

阿拉丁母亲猛一见这可怕的精魔吓得一句话也说不出来，晕倒在地。一旁的阿拉丁过去在洞里见过这种神怪，他连忙奔过去，抢过母亲手里的油灯，大胆地对精魔说道：“我饿了，给我弄点吃的来。”巨魔霎时不知去向，才一转眼，便顶着一个大银托盘回来了。盘里放着十二只上盖的银盘，盛着上好佳肴。另外，这托盘里还放着六大片面饼和两瓶美酒。两手各拿一只酒杯。巨魔把吃食放在桌上后悄然隐去。这一切做完后，阿拉丁母亲还人事不省地躺在地上。

阿拉丁立刻端了一盆水，洒一些在母亲脸上。可能是及时抢救，也可能是闻到了肉香，母亲很快清醒过来。

“妈，没关系，你没事了，”阿拉丁说道，“起来享受吧，吃饱了有精神，也好减轻饥渴。别让这顿美餐放凉了。”

母亲一见桌上这大银托盘，上有十二小盘菜肴、六片面饼和两瓶美酒，十分惊讶。她也闻到了菜碟里逸出的肉香。

“孩子，”她对阿拉丁说道，“我们承了谁的情，给送来如此丰盛的酒菜？想必苏丹王听说我们太穷，垂怜照顾我们。”

“妈，别问东问西了，”阿拉丁说道，“快坐下来吃吧。看来你和我一样，也急需一顿像样的早餐。吃完后我把什么都说给你听。”

母子两人对面坐定，看着桌上摆下的丰盛美餐，津津有味地饱餐了一顿。进食中，阿拉丁母亲喜爱地看着那托盘和杯盏。尽管她说不上那是银的还是什么材料做的，但其新颖的款式是他们母子从未见过的。至于它们是否是稀世珍物，则无从知晓了。

两人从早上吃到中午，考虑是否把两顿并作一顿，剩下的对付当晚和明天的两顿还绰绰有余。

撤走了餐具，留足了下一顿，阿拉丁母亲坐到儿子身边，问他：

“阿拉丁，现在可以满足我的愿望了。你说说当我晕倒后你怎么对付那妖怪的。”

她对儿子叙述的精魔的出现怀着浓厚的兴趣。

“儿子呀，我们该如何对付它？我一辈子从未听说过有人见过妖怪，那高大的鬼怪怎么先和我讲话而不跟你讲？在地下的洞里，鬼怪除了你还在谁的跟前出现过？”

“妈，你看到的精魔尽管和我看到的一样高矮，但他不是我在地洞里看到的那个。两个魔鬼在个性和习惯上也是大相径庭。它们有

各自的主人。你还记得吗，我第一次看到的那个自称是我手指上戒指的奴仆。你看见的那个自称是神灯的奴仆，灯就在你手上。我相信你没听见它说话，因为它刚一张口，你就晕过去了。”

“什么！”母亲喊道，“是你那盏灯让那讨厌的魔鬼先和我说话的吗？唉，儿子呀，快把灯拿走，你愿放哪里放哪里，我决不再碰它一指头。把它卖了更好，省得一碰就把我吓得半死。你要听我话，最好也别去碰它，别跟魔鬼打什么交道。正像圣人告诫我们的：他们仅是魔鬼而已。”

“妈，你要把灯卖掉，可我现在真该好好想想。我卖的这盏灯对你我可大有用处。难道你没亲眼看到，刚才它是怎么帮我们的？它还能继续管我们的吃和用。你想想，我那骗子伯伯如果不是想把这盏灯弄到手，哪会历经万水千山受那份罪。我就是那样想的。你再想想，那坏蛋明知那地下有着不计其数的金银财宝，这我是亲眼看见的，可他偏要我去拿这盏灯。他很了解灯的价值，所以宁可舍弃了那座地下宝藏。如今，我们有机会证实了它的价值，就应当好好利用，不得乱用，以免引起街坊对我们的嫉妒。不过，大精魔把你吓到如此程度，我一定好生把灯放在你看不见但又随时可用的地方。那戒指呢，我也不能没有它。要不是它，你永远也见不着我了。今天我虽然得以生还，但谁又能保证以后我不会遇到类似的情况呢，所以我也求你让我永远戴着它，你我无法预见今后会面临什么样的危险。”

阿拉丁的话句句在理，又有分量，他妈妈也不好反对，只回答他看着办。但有一点她是坚决的，她坚决不和魔鬼沾边，决不愿再见它那副怕人的模样。

第二天晚上，精魔送来的饭菜吃完了。次日一早，阿拉丁忍不住肚子饥饿，在上衣里塞上一只银盘拿上街去卖。路上碰到一个犹太人，他把那人拉到背静之地，问他有没有意思收下。狡猾的犹太人接过盘子端详一番，发现它是纯银的，反过来问孩子要卖多少钱。阿拉丁不识货，又没做过这类交易，便简单地让他定个价。犹太人心里也没底，他怀疑阿拉丁懂行，明白银盘的价值。经过一番思索，他试着从钱袋里掏出一枚金币给了阿拉丁，尽管后来知道这只是银盘实价的六十分之一。阿拉丁满意地接过金币，转身匆匆就走。犹太人对到手的巨额利润还不满足，后悔刚才没有及时利用阿拉丁的无知，拔脚追去，再捞一把。但孩子跑得快，一会儿已经远去了，他终于没动腿。

阿拉丁先去一家面包店，买了粮食，换了钱，回家给母亲，母亲再用它买菜。日子就这样一天天过去。不久，阿拉丁按第一次价钱把剩下的十一只盘子全卖给了犹太人。那贪婪的银匠怕失去了这种便宜生意，倒也不再杀价。最后一只银盘卖掉后，阿拉丁决定卖掉那只托盘。托盘的重量十倍于菜盘，又大又沉，他只得把犹太人带来家里，看货估价。对方仔细称量后放下十个金币。阿拉丁十分满意。

母子两人节衣缩食，用这十枚金币又过了一段日子。这些天，阿拉丁也闲在家里。自从上次与魔法师遭遇后，他早已不和街上的孩子们混日子了。他有时外出走走，找认识的人聊聊天，间或也会去大富商的店里，会会本城的名流，听听他们的议论，以丰富自己对世界的阅历。

手里的钱花完后，阿拉丁又求助于神灯。他把灯托在掌心上，找到了母亲曾用沙子擦洗的地方擦了一下，大精魔立刻出现在面前。

“您需要什么？我是您的奴仆，服从您的命令。谁的手里拥有那盏灯，我就听他的吩咐。”

“我饿了，”阿拉丁说道，“弄点吃的来。”

精魔忽地消失了，立刻带回一只托盘，上面放着和上次相同数量的菜盘。精魔将托盘放在桌上后又消身隐去。

阿拉丁母亲知道儿子要做什么，急忙离开，以免看到那怕人的精魔。不一会儿，她回来时桌上已放满了丰盛的酒菜，不禁对神灯巨大的威力感慨不已。她坐下来和儿子美美地饱餐了一顿。就这样又过去了两三天，阿拉丁见食物已吃完，便拿上一只银盘再去找那犹太人。路过一家银匠铺，老板心地纯正，买卖公平，一见阿拉丁过去忙把他叫住。

“孩子，我总看见你路过我的铺子，拿着东西和那犹太人谈生意，然后两手空空地回来，我想你一定卖给了他什么。或许你还不了解他是一个怎样的无赖，可以说是当地犹太人中最坏的，现在谁也不愿和他来往了。我跟你说这些都是为你好。今天你不妨把带的东西让我看看，你想卖的话，我一定按公道的价钱收买，再不然我就给你指点别的商人，我保证他们不会对你弄虚作假。”

阿拉丁当然想把盘子多卖点钱，他从长袍下掏出盘子，递给银匠。老人一眼看出这是纯银打成的，立刻问是否也卖给了那犹太人。阿拉丁老实告诉他已经卖了十二只，每只一枚金币。

“这个死鬼！”老人喊道，“孩子，过去的就不说它了。这种盘子和我们铺子里用纯银打成的一样。我让你看看这犹太人是怎么欺骗你的。”

老人拿出天平，仔细称了盘子的重量，告诉阿拉丁纯银的单价，最后按重量算出共值六十枚金币。他当即付了钱，并说道：

“你如果怀疑我的为人，可以去这一带的铺子打听。如果他们还多给，我加倍赔偿。我们只在这只盘子的做工上赚点钱。”

阿拉丁十分感谢老银匠的贴心话，自己也得到了这么多的钱，他再也不去找旁人，把剩下的盘子和大托盘一起卖给了老银匠。当然，全部都是称了重量计价的。

阿拉丁和他母亲尽管可以从神灯里索取到取之不尽、用之不竭的财富，也可以在失败的一瞬之间随时随地赢得胜利，但母子俩依然过着和以往一样的清贫简朴的日子。

阿拉丁变得喜欢干净整洁，他母亲靠纺纱挣点零钱，也不置任何服装。凭这种生活方式，我们完全可以想象卖盘子的钱足以维持生活很长的一段时间。他们就这样不时地用神灯弄点钱，两人过着平静的、与世无争的生活。

这段时间里，阿拉丁常在本市的大布店、金银首饰店、丝绸店里逗留，专找体面的大商贾交谈经营上的诀窍，学到了不少做生意的方法。和珠宝首饰商接触中，他心里明白了：他在地洞里拿灯时采下的果子不是什么彩色玻璃，而是价值连城的珍宝。因为他看遍了城里出售的各类宝石，无论是花色还是体积，哪个也比不上他手里的那些。他才明白自己手里有着一批无价之宝。他也清楚，这件事决不能向任何人，包括母亲在内，透露一点风声。

一天，阿拉丁去城里，路上听到国王苏丹敕令传谕：国王之女巴德露·菩德公主是日欲赴浴场洗澡，所以沿途全体臣民必须关窗闭店，在家回避。

这道敕令激起了阿拉丁的好奇心，他非要一睹公主的芳容。要做到这一点也不难，只消躲在临街熟人家里，隔窗偷窥。但又一想，公主外出沐浴，必定戴着面纱。要满足好奇心必须另想良策。他终于想到如能藏身在浴室门后，从这个位置他无疑能目睹公主不戴面纱的容貌。他真在那儿躲了起来。

没等多久，公主果然过来了。他从门缝里清楚地看到了这场前所未见的景象。公主袅袅婷婷走在前面，身后左右簇拥着一大批使女、奴仆和官宦。离门口三四步远，她撩起了面纱，给阿拉丁一个千载难逢的机会，让他清清楚楚看到了一个绝色少女的面容。

要说阿拉丁长这么大，除母亲外，他从未见过任何女性的脸庞。母亲年事已高，谈不上有什么仪容。所以当他听人描述公主有倾国倾城的美貌时，以为世上的女人都和母亲差不多，毫不为之心动。因为，用语言来描述人体之美，永远无法和亲眼看见的花容月貌所留下的印象相媲美。

阿拉丁自见了巴德露·菩德公主后，情绪有了很大变化，内心里抑制不住渴慕如此妩媚的形象。公主有着当今世界上最美丽的浅黛色肌肤；双眸是那么莹黑深邃、闪闪发亮；脸蛋儿实在是柔艳温馨；她鼻子的比例恰到好处；鲜艳的小嘴、润红的双唇，匀称而又可爱。总之，她脸上的每个器官的部位都安排得完美无缺，所以难怪阿拉丁这个从未见过如此美貌姑娘的陌生人禁不住心旌动摇，不能自已。公主体态婀娜，仪表稳重，目光却又是如此让人敬畏。

等回过神来，眼前的倩影已杳如黄鹤。他想到公主浴罢回家时，必将是背朝他回宫去，脸上也会戴上面纱，只得怏怏地踱回家去。他懊丧的脸色瞒不过母亲的眼睛。她不安地发现儿子那不寻常的沉思和忧郁，不禁问他是不是出了什么事还是身体不舒服。阿拉丁一声不吭，随便倒在软椅里。他眼前依然晃动着公主那曼妙多姿的身影。母亲跑去厨房做饭，先没跟他说什么，等送来饭菜摆在面前他也不动手。最后逼他换了个座位，他勉强吃了几口，比平时要少得多，而且总是目光低垂，一言不发，问他话，十句有九句不吭声。母亲实在弄不清他到底怎么会变成这副模样。

晚饭后，母亲又开始盘问他为什么如此郁郁寡欢，一筹莫展，可依然得不到要领，儿子无精打采地上床睡觉了。阿拉丁那一夜不知是怎么过去的，他满脑子只有巴德露·菩德公主的容貌。第二天，母亲忙着纺线，阿拉丁坐在她对面的软椅上忽然开口说道：“妈妈，

阿拉丁和神灯

看来昨天我沉默不语令你十分不安。相信我，我没病。但可以告诉你，眼下我的感受和内心的痛苦比大病一场还要难受。我说不好什么东西在折磨我，但说不出口本身就说明了问题。昨天发生的这件事在我们住的社区里谁也不知道，所以你更无从了解。事情是这样的：苏丹国王的公主巴德露·菩德晚饭后要去沐浴，我在路上听到了这个消息。苏丹敕令公主走过的路上，店铺必须关门，闲杂人等不准外出，清理路面为公主和随从人员路过。当时我离公主的浴池不远，我忽然有个强烈的愿望，想看看公主的仪容。我相信她走近浴池时一定会摘下面纱，于是决心躲在门后。你很清楚浴室外面那道大门的位置，也能想象公主真走这条路我也一定能美美地看个够。公主果然来了，她摘下脸上的面纱，我有幸满意地看够了她秀丽的脸庞。妈妈，这就是我昨天发愁和沉默的原因。我太喜欢公主了，喜欢得无法用语言来表达。现在每当心中翻腾着爱情的烈焰，我便无法自已。我决定去向公主的父亲、国王苏丹陛下求婚。”

母亲用心地听完了儿子的一番话，当最后听到儿子想去向公主的父亲求婚时，不禁笑出声来——儿子准是说走了嘴。

“孩子呀，”她拦住了他的话头，“你想到哪里去了？不是疯了吧？”

“我肯定我没有疯，妈妈，”阿拉丁答道，“凭直觉，你会骂我异想天开，不长头脑。可我再说一遍，我的主意已定：去向国王苏丹的女儿巴德露·菩德求婚。你的抗议挡不住我的决心。”

“孩子呀，说实话我应当再次提醒你，”母亲认真地告诫他，“别忘了自己的身份。你下定了决心要这么办，可我实在想不出谁可以去为你提亲。”

“你替我去。”儿子马上回答她。

“我？做这类事我倒要想周全了。”母亲大吃一惊，又觉得挺好笑，她顿了顿又说道，“孩子，你为什么要这样呢？你不想想自己是什么人，敢要国王的女儿！别忘了你父亲是本城最穷的裁缝，我收入微薄。国王们从来只把自己的女儿许配给门当户对的王公贵族，这一点你不会不明白吧？”

“妈妈，我已有话在先，我早知道你会说什么了，”阿拉丁坚决地说道，“我再说一遍，不管你阻拦还是抗议，都是无法使我回心转意的。我说了，我尊重你，也要求你，一定去向公主提出这门亲事。希望你不要拒绝，别等我进了棺材才忙着给我找媳妇。”

这个好心的老妇人看到阿拉丁在这桩蠢事上居然死不回头，不禁左右为难，不知怎么办才好。

“孩子呀，”她再次劝阻，“我是生你养你的亲妈，什么事都可以帮你去做。今天如果你让我去左邻右舍那儿找一个和你地位相当的女子为妻，我当然会尽力而为。亲家们也要估量一下你的家产。他们考虑的第一件事是婚后怎么生活。可你不考虑自己出身低微，不名一文，却看中了一国的首富，一心想娶个统治管辖你的主人的女儿。他只消一根小指就可把你碾成齑粉。这里我就不说什么自尊自重的话了。你如果过去考虑不周，希望你现在认真想想该怎么做。我也想想我的处境。你怎么好端端地冒出这么个怪主意，逼我去见国王苏丹，提出如此越轨的非分之想。首先我该找谁去向国王陛下引见我呢？你不想想，我找的那人一定会把我当成疯子，狠狠地打出门外。退一步讲，假如国王对待臣民一视同仁，这使得我有机会去参见国王，但据我所知，国内至今尚无任何人去向他要求正义和公正。我也知道他能慷慨地给予某些人以庇护和恩惠，只要他认为这些人是名副其实的大人物。再来看看你的情况吧。你是否认为你也配享受你让我去索求的东西？你配吗？凭什么说你配？你为公主、为国家做出了什么贡献？出过什么力？你又是怎么评价自己的？如果你连自己都无法证实足以获取此荣誉的价值，我又有什么脸面去索求？我凭什么去向国王提亲？国王的高大形象，宫廷的光辉色彩立时可以使我哑口无言。过去我问起九泉下的男人——你父亲时，他也经常战栗不已。此外，还有一条你忽略了的规矩，那就是有求于国王者，定当进贡礼物一份。有了礼物，以后即使由于某些原因其要求未获同意，也可以有人通知他。你备下了什么贡品？如你真有足以引起伟大君王侧目的礼品，你准备提出什么分量的要求？所以，我劝你认真考虑一下，你那异乎寻常的企求是无法实现的。”

阿拉丁冷静地听完了母亲苦口婆心的劝阻，权衡了她意见中的利弊，回答道：

“妈妈，我承认我想自作主张地达到我的目的，又逼你仓促去向国王提亲，事先也没有进行合理的估计，确实十分鲁莽。这一切我求你千万别见怪。我想你也不必诧异，我激动之余，未采取有效手段控制冲动的感情，也无法在事情发生的起始阶段就预料到追求幸福所必须要做的工作。我爱菩德公主之深是你无法想象的。我尊敬她，崇拜她，绞尽脑汁要娶她为妻，我是下定了决心的。我衷心感谢你的忠告，并把它看做是达到目的应迈出的第一步。

“妈妈，你说了面见陛下不带见面礼似乎不合情理，又说我也拿不出他要的东西。要说礼物，我同意你的意见，我确实是忽略了这一点。至于你说的我拿不出他要的东西，妈妈，你不会忘记吧，我那天死里逃生后带回家的宝贝？那天我俩都把它看成是彩色玻璃球。今天我可以跟你说，它们都是无价之宝，送给一国之君再合适不过了。我常出入珠宝店，知道它们的贵重，你完全可以相信我的话。我浏览了全城最大珠宝店里的货，但无论式样还是花色做工都无法和我的比拟，而且我的那些价钱高得惊人。总之，你我都明白我们拥有的财宝的价值。这些且不去管它，依我小小的经验，我敢肯定苏丹陛下会高高兴兴地收下的。你不是有个大瓷盘吗？把它们装上，按各种色彩摆起来，看它是个什么样？”

老妇人找出瓷盘，阿拉丁取出收藏的两口袋珠宝，一一码放在盘里。尽管是在白天，宝石鲜艳炫目的色彩照得母子两人眼花缭乱，看得目瞪口呆。他们习以为常的是家里油灯的光亮。尽管阿拉丁见过它们挂在枝头树梢，花花绿绿，煞是好看，但作为一个孩子，当时也产生不了多大兴趣，只当是些小饰物悬挂在枝头而已。

对手头的礼物，两人十足地欣赏了一阵，阿拉丁对他母亲说道：

“现在你不能以没有上好礼品为由，不去面见苏丹陛下了吧！眼前的贡品足以给你一次盛情的接待。”

老母亲面对如此美丽灿烂的礼物依然不十分相信儿子对它们的估价，她总觉得即使国王接受了，她对阿拉丁以此为由要她提出的要求也实在难以启口。

“孩子呀，不可否认你的礼品确有其理想的效果，苏丹陛下也会对我另眼相看，但你要我完成的任务，我依然羞于启齿，所以我预料此行的结果不仅我的努力会付诸东流，你的宝贵礼品也可能化为乌有，最后落得个我懊丧地回家来告诉你：一切都完了。我把后果已直言相告，希望你不要怀疑我的用意。尽管如此，我还是愿意尽我最大的努力让你高兴，也希望我有勇气面陈国王，说出你要我说的意思。但我相信他准会当面笑我自不量力，或者把我当个糊涂虫逐出宫廷，弄不好我们俩都会成为国君盛怒下的牺牲品。”

妈妈费尽心机，列举了如此多的理由想让儿子回心转意，可是妩媚的菩德公主在阿拉丁心里投下了如此深刻巨大的倩影，回头是谈不上的了，他坚决要母亲去了结他的情意。作为母亲，出于慈心，也更怕他再闹事，她答应了他的要求。

可惜现在已是傍晚，允许进宫的时间早已过去，一切只能等明天了。当晚两人又谈了这件事。阿拉丁苦苦地勉励母亲面见苏丹完成任务，但她无论如何总觉得心里没底，总是摆出千条万条理由怀疑此行的结果。

“儿子呀，如果国王真能开颜赏脸，静下心来听我的述说，然后，他会想起问我你的家产和财富在何处，你要我对这个问题如何作答呢？”

“妈妈，不用对不可能发生的事枉自焦心。我们先来看看苏丹怎么收下贡品和会怎么问你吧！万一真像你说的问出这类话，我也已经拟好了回答，我对那盏帮了我们这么长时间忙的神灯是满怀信心的，它不会在我需要它的时候让我失望。”

母亲对儿子的许诺再也找不出别的问题，只提醒说这一回神灯给一点吃食是不够了，它应当创造更多奇迹；这些想法同时也消除了她心头对执行任务的畏难情绪。但儿子却进入了母亲的角色，他吩咐母亲必须保守秘密，这样才能胜利在望。说到这里，两人回房休息。强烈的爱心和收获在望的前景占据了阿拉丁整个身心，他怎么也睡不踏实。次日，天刚亮，他就喊醒母亲，催她穿好衣服，赶在宰相和其他大臣、达官显贵之前进宫去，国王通常在那时上朝。

阿拉丁母亲按儿子的吩咐拿起昨晚放有珠宝的盘子，用两块鲜艳的披巾包好。为便于携带对角扎好，然后动身前往王宫。来到宫门前，正好看到宰相和大臣进去。她不理会丹墀前的朝臣都是显贵望臣，也随之而入。那是一座高大的殿堂，入口处华丽非凡。国王升坐王位，宰相和大臣们分坐两边，她正好站在他们前面。陈情诉状者按次序一一被召唤到王座跟前，每桩案子都得到辩护和裁决，直到早朝结束。国王起身宣布退朝，转回后宫，宰相群臣以及前来诉状的也都纷纷回家，其中赢了官司的兴高采烈，宣判不利的垂头丧气，也有的等待着下轮再审。

阿拉丁母亲看见国王离座返宫，殿内众人也纷纷离去，她知道当天朝事已结束，他们不会再回来了，便也动身回家。阿拉丁一见母亲原封不动地带着贡品回来，一开始倒也不想她能马到成功，只希望别出师不利，带回什么不吉利的消息，所以也不敢先张口发问。母亲过去从未涉足宫廷，对每天的朝事更是一无所知，今天回家后主动告诉儿子一些情况，解开了他的困惑。

“儿子，我今天确实见到了国君，我敢肯定他也看见了我，因为我正站在他面前。但国王一直耐心地忙于和周围的人交谈。最后我相信他一定累了，因为我见他突然站起身，不顾许多人还想跟他说话，便离座退席而去。对此，我倒很高兴。说实话，等了这么久我也累极了，也开始失去耐心。不过事情并不坏，我明天再去时，国王陛下或许不会那么忙了。”

尽管阿拉丁很有情绪，但不得不面对事实，耐心等待。母亲克服巨大困难，能接近苏丹，不能说不是一个不小的收获了。他希望母亲在今天看的这些案例，能给她壮起胆子，一旦机会来了，她会有足够的勇气大胆直言。

第二天一早，母亲又带上礼品来到苏丹宫殿，却发现大门紧闭，经了解才知道国王是隔天上朝的，她只得明天再来。儿子听了她的消息，也只得安下心来，苦苦等待。之后，她一连去了六次，每次都显眼地站在国王面前，可是哪次都像第一趟那样。如果国王本人对她无动于衷，她成功的机会应该说等于零，原因是只有有机会提出申请，轮到她后，才有可能走近国王和他对话，而阿拉丁母亲根本没提过申请。

直到有一天，国王听政完毕，将欲回宫时问宰相道：

“我多次看到有个妇女，每次上朝时她必定来到，随身的包袱里还藏着什么东西。议事开始，她也开始等在面前。你去问问她有何要求?”

宰相对此也不清楚，但又不想表现出一无所知。

“圣上，妇人家一贯小心眼、好计较。这个女人恐怕就是来向您控告一些蝇头琐事，像有人卖了发霉的面粉给她等等。”

这些话却是搪塞不了国王苏丹的，他吩咐道：“下次议事日如果再看见这女人，叫她过来，我要听听她想说点什么。”宰相恭敬地执住苏丹的手，吻过后把它放在自己头上，以示决不将圣谕置之脑后。

阿拉丁的母亲每次进宫站在国王面前，此时她的心里已不存在任何畏惧，她怀着一个目的：尽自己绵薄的力量使儿子高兴。所以当又一个议事日到来时，她像往日一样踏进殿堂，站在国王面前。当宰相开始启奏案情时，国王一眼瞥见了她，非常同情她等了这么多日子，便打断了宰相的话，说道：

“还记得上次我跟你说起的那个女人吗？让她先过来，听听她想说些什么，先把她的事办了。”

宰相闻言，马上叫来身旁的殿堂执事，指指远处的女人，让他去叫她到国王跟前来。

执事走到阿拉丁母亲跟前，使了一个眼色，让她跟着，她便到了国王的御前，执事回到宰相身旁后。老妇人像这些天来见过的许多人那样跪倒在地，额头贴着从王座丹墀上延伸下来的地毯上。国王命令她平身，但她保持着跪拜的姿态。

“妇人，很久以来，我看你从上朝到退朝一直站着，你有什么事情要申诉的?”

听了这番话，阿拉丁母亲再次俯伏在地，然后抬头奏道：

“伟大的国君，在我前来启奏陛下陈述这非分之请前，我恳请陛下宽恕我的大胆和冒失。我的要求是如此的不寻常，它使我浑身战栗，无颜直陈。”为了打消她的顾忌，苏丹命令除宰相外全体回避。

阿拉丁母亲还不满足于国王为打消她在众人面前不敢讲话的顾虑所给予的照顾，她生怕国王听完她的话会勃然大怒，便又奏道：

“如果陛下认为我的请求冒犯了天颜，我在这里先求得您的宽恕。”

“好吧，我恕你无罪，你可以大胆照实说来。”

阿拉丁母亲怕苏丹震怒，采取了这许多防范措施后，便一五一十把儿子如何见过了巴德露·菩德公主，炽烈的爱情使他神魂不定，回家后决定向她求爱的情形说了一遍。继而说道：

“他的一见钟情对陛下您，尤其是对公主是无害的。可是我儿子，他不仅不接受我对他大胆行为的劝阻，而且固执地不达目的誓不罢休，甚至做出一些令人绝望的行动，威胁我同意他的要求。今天我来向您提亲，陛下要宽恕我被迫采取的做法。所以我再次恳求陛下，不仅对我开恩，更要宽恕我儿子阿拉丁居然冒出如此鲁莽的念头：企求公主为妻。”

苏丹异常大度地听完了阿拉丁母亲的诉说，脸上丝毫没有愠怒的表情，在回答前，他先问包裹里带来了什么东西。阿拉丁母亲俯身解开褡扣，取出瓷盘，将贡品献给国王。

当国王猛一见一只普通的瓷盘里盛满了如此硕大无比、华光熠熠的珠宝时，其诧异和惊奇是可想而知的。他怀着敬慕的心情久久地看着它们，最后从阿拉丁母亲手中接过礼品，欣喜地赞叹道：“太美了！太珍贵了！”国王把全部珍宝一颗颗翻看了一遍，递给身边的宰相说：

“你也看看，我敢说你从未见过如此价值连城、美丽绝伦的东西吧。”

宰相看得如痴如醉。

“这份彩礼你觉得怎么样？它值不值我女儿的身价？我为什么不

把她许配给这个如此重视她的小伙子?”

这席话使宰相极为不安。苏丹过去也曾表露过想把公主许配给他儿子，如今被一份如许丰厚又特殊的彩礼弄得神魂颠倒，苏丹肯定会改变初衷的。想到这里，他不禁大为不安。稍停，他走过去俯身在苏丹耳畔说道：

“陛下，应当承认这份彩礼完全够得上公主的身价，但我请求阁下宽限我三个月后再作决定。我希望我儿子在这规定的期限前能够献上一份比你根本不认识的阿拉丁给你的礼物更贵重的聘礼。”

苏丹明知宰相完全不可能在这期间让他儿子为公主准备一份厚礼，但他还是恩准了他的请求。他转向阿拉丁母亲说道：

“老太太，回去告诉你儿子，我同意你的提亲，但现在不能举行婚礼，必须等三个月后我为公主打制好家具。”

阿拉丁母亲大喜过望，这实在是出乎意料。首先，她认为根本不可能被国王接见；其次，国王不但没有像她想象中那样一口回绝，反倒有了一个满意的答复。阿拉丁看见母亲兴冲冲地回家来，从脸上的喜相就判断出有了好消息。

“好吧，妈妈，我能高兴地抱有一线希望还是失望地死去?”

母亲拉下面纱，靠近儿子坐下。

“我不想让你久久等待，我现在可以告诉你，你完全有理由好好地活下去。”

接着她详细叙述了事情的经过。她受到国王的接见，所以能早于往日回家。她用了一些办法，不仅不至于在提亲时惹得国王不悦，还可以获得国王的亲口应允。根据她的判断，这份重礼达到了期望的效果。

“但当达到了预期的希望，国王将给我答复时，宰相俯在他耳边低语了片刻，我担心准是这个人在我们的好消息中间设置了什么障碍。”

听完了母亲的话，阿拉丁觉得他是世界上最最幸福的人了。他先对母亲为促成这事受了不少折磨表示歉意。如今的成功，对儿子内心的平和有着非凡的重要性。尽管三个月的期限看来像是一百年，但他把苏丹的许诺奉为金科玉律，不可撤销，所以他决心高高兴兴地等待。这三个月的日子里，他不仅每周、每天，更是每分、每秒数着过去的。话说熬过了两个月，一天晚上，阿拉丁母亲点灯时发现灯油已枯，她便上街去买。进到城里，只见满城欢跃，店铺无一关闭，四处张灯结彩，人人尽情狂欢。达官贵人个个骑在鞍鞯华丽的高头大马上，身后跟着随从。她不禁奇怪地问油店里的人，外面为什么这样热闹。

“好嫂子，怎么了？你还不知道今晚是宰相公子和巴德露·菩德公主成婚之夜？你看见的这些官兵是护送她从浴场回宫举行婚礼的。”

阿拉丁母亲顿时心里发凉，她上气不接下气地跑回家里，儿子对此事还一无所知。

“孩子，大事不妙。你还等着苏丹美丽的诺言实现，可这都成泡影了。”

“妈妈，”阿拉丁如五雷轰顶，“你怎么知道苏丹毁约了呢？”

“今晚宰相的公子将娶菩德公主。”

她详细叙述了上街听到的话。这样，儿子无论如何也没有理由怀疑母亲的话了。

无论谁都会在这重击下沉沦下去，但阿拉丁在此时，一股嫉妒的怒火、一种秘密的动机又使他缓过劲来。他想起了那盏至今还非常有用的神灯。为了不将无谓的怒火发泄在苏丹、宰相或他儿子身上，他只轻描淡写地对母亲说道：

“等着瞧吧，我看宰相的儿子今夜未必能像他想象的那么痛快。我要进房里一会儿，你快做饭。”

她到厨房去了，心想儿子肯定会求助于神灯，尽可能地破坏这场婚姻。

阿拉丁进房，拿起灯在以前的地方擦了一下，精魔立刻现形。“您想要什么？作为您的奴仆和所有拥有这盏神灯的人的奴仆，我听您的吩咐。”

“听我说，”阿拉丁命令道，“你给了我每天所需的饭食，如今有更重要的任务让你去执行。我向巴德露·菩德公主的父亲、国王苏丹求亲，他许诺三个月后让我和公主成亲。但他言而无信，还未期满，今晚就要把公主许给宰相的公子。我刚听说，但已确实无疑了。现在我要你做的是当新郎新娘双双躺在床上时，立即把他们带来我家。”

“遵命，主人。”精魔答道，“还要我做什么？”

“现在没事了。”阿拉丁说完，精魔立刻隐身消失。

阿拉丁不露声色地下楼和母亲吃晚饭，饭后，又若无其事地和母亲聊起这桩亲事。不久，他让母亲先去睡觉，自己回房里坐等精魔执行命令回来。

再说苏丹宫里已是万事俱备，准备大肆庆祝公主的大婚。傍晚，娶亲仪式完成后，全市狂欢至深夜，宫廷主管给新郎一个暗示，带着他离开众宾客走进洞房，那里新床已经摆好。新郎先脱衣上床，不久，王后在宫女和众女眷、亲王的前呼后拥下陪同新娘来到洞房。按习俗，新婚姑娘上床时要挣扎、反抗，这时，母亲便脱去她的衣衫，用力把她按在床上，然后吻别女儿，先让侍从及众亲眷退出，她最后一个出来并关好门。

洞房的门刚关上，神灯的忠实奴仆——精魔准时地执行了主人的命令。它不等新郎有时间拥抱新娘，霎时间把他们俩双双连床一并提起，送进阿拉丁的房里。他正坐等他们的到来。

宰相的公子和苏丹的公主所受的折磨哪能和等得心焦的阿拉丁相比。

“把新郎官关进皇宫的更衣室里，”阿拉丁吩咐精魔，“明天天一亮你再把他放出来。”精魔立刻把公子赤条条地提出床外，按阿拉丁的命令把他放进更衣室里，对他吹了一口气，他立时动弹不得。

阿拉丁深爱着菩德公主。这时只剩下他们两人，他没有和她多说话，只是激动地告诉她：

“美丽绝顶的公主，你在这里十分安全。尽管你的妩媚点燃了我渴望的烈焰，但这绝不会超越我对你的爱慕和尊重。今天我被迫采取了如此极端的手段，那绝不是我有意冒犯。我这样安排只是为了不让旁人占有你。你父亲苏丹陛下许下诺言，你应是我的新娘。”

公主自然不清楚这些过程，对阿拉丁的话也听不明白。突如其来的遭遇吓得她张口结舌，半句话也说不出来。阿拉丁脱下外衣，躺在刚才宰相的公子所躺的地方，背朝公主，在两人中间放了一把弯刀。这明确表示若有辱于公主的清白当受此罚。

这一夜，阿拉丁心满意足地把情敌折磨了一番，当然睡得很香甜。而菩德公主，她活到这么大却从没经历过如此可怕的一夜。不过如果想想精魔把新郎官弄去的地方，则是不可同日而语了。

第二天清早，阿拉丁刚穿上衣服，还没等他擦神灯，精魔已如约而至，问道：“主人，我来了，请吩咐。”

“去把宰相公子提出来，放在床上带回王宫。”

阿拉丁佩上弯刀，新郎官又被放在公主身旁，眨眼之间，新床又被丝毫不差地搬回新房原来的地方。我们必须注意的是，事前事后这对新人始终没有见到精魔。他要是现形，肯定会把他们吓死。

他们当然也没见到阿拉丁和精魔的对话，一切过程只是床榻微微一动，人和物已经迁往异地了。但就这样也足以把他们俩吓得半死。

精魔刚放稳新床，苏丹正好开门踏进新房来向女儿祝福。他当然不可能知道他女儿这一新婚之夜是怎么过来的。冻得半死不活的宰相儿子披着单薄的衬衣直挺挺地站了一夜。他在床上还没有暖过身子，忽听得开门的声响，慌忙跳起身钻进更衣室，那正是他昨晚待了一夜的地方。

苏丹走到床边，按习俗在女儿眉心吻了一下，道声早安，笑着问她昨晚是否情投意合。但当他扶起女儿的头深切地看着她时，却发现对方的脸色竟如此深沉忧郁，这一惊非同小可。她已无法以一颦一笑或任何表情来平息父王的诧异。女儿投来伤心的一瞥，眼神里饱含了苦恼和埋怨。他连问几遍，公主仍是一声不吭。他责备女儿无礼，怒冲冲地离开了新房。路上，他怀疑这沉默中必有缘故，途中折道去王后卧室，告诉她女儿不寻常的态度和他的遭遇。

"陛下，"王后安慰他，"你不必为女儿的举止烦恼。刚过新婚之夜的新娘第二天十有八九不免羞羞答答，两三天后情况会改变的，她会和以前一样对待她的父亲。不过她要是也这样对我，那我才真正失望呢。"

王后穿戴完毕来到公主房里。她还躺着。母亲拉开窗帘，吻了吻她，问了早安。可是使她吃惊的是，女儿也一言不发，只是目不转睛、神色沮丧地看着她。母亲明白一定有意料不到的事发生了。

"孩子，怎么不理我？"她忙问道，"你怎能以这种态度对你母亲？你以为我不知道你一定出了什么事？有什么不能跟我说的呢？快说吧，别让我心焦。"

菩德公主长叹一声，打破了沉寂。

"母后，我最尊敬的妈妈，您别生我的气，原谅女儿刚才的失礼。直到如今，我满脑袋还是昨天晚上所经历的那可怕恐怖的一切。”

公主接着向王后哭诉了一遍昨晚她和丈夫的情况：刚上床，连床带人便被搬到一个肮脏昏暗的屋子里。丈夫不知被弄到什么地方去了，她和一个青年单独在一起。由于惊吓过度，她已忘记对方说了些什么。随即他便上床，躺在刚才丈夫躺的地方，在两人中间放了一把弯刀。第二天早晨，丈夫回来了，床突然又被搬回洞房，时间正好是父王开门踏进房里向她祝福的时候。“当时我又急又怕，张口说话的勇气也没有了。我的态度一定触怒了他，不过要是他明白了我当时可怜悲惨的心境，也许会宽恕我的无礼。”

王后耐心听完了女儿的哭诉，完全不信真有其事。

“孩子，没把此事告诉你父王算你聪明，以后也切不可告诉旁人，人家会说苏丹的女儿发疯了。”

“但是，母后，”公主说道，“我很正常，去问问我丈夫好了，他会告诉你同样的故事的。”

“我会的，不过他要是也这么说，我想最好是不再追究了。好，现在该起床了，别再胡思乱想。如果全国上下为你举行的喜庆活动被耽误了，倒不失为一则动人的故事。听听，外面号角齐鸣，鼓乐喧天，歌声四起，难道这些还不足以使你抛开幻觉，高兴起来吗？”

王后说完召来侍女看着女儿起床梳洗，然后自己回到苏丹御前，告诉他说女儿做了噩梦，现在已经没事了。

接着她召来宰相儿子，盘问他公主说的情况。青年人考虑到刚受苏丹的青睐入赘王室，不愿道出真相。

“驸马，你不会和你妻子一样糊涂吧？”王后问道。

“我斗胆请问母后为何这样问我？”宰相儿子反问道。

“好了，够了，”王后说道，“我不再说什么了，你比她有头脑。”

婚庆喜筵活动闹了一天。这一天里母亲寸步不离女儿，带她观看各式表演和参加各种活动，想尽办法消除她的烦恼。可是新娘对昨晚的事印象是如此深刻、强烈，她实在无法排解愁苦的思绪。说真的，宰相公子吃的苦头比她还多，但野心勃勃的他宁肯忘却所受的屈辱，今天谁也不怀疑他是个快乐的新郎官。

阿拉丁对宫内的欢快气氛了若指掌。他明白尽管昨夜有了多大的麻烦，但今晚这对新人依然会躺在一起的。所以，为了打散他们的欢乐，必须求助于神灯。精魔显形后，阿拉丁便命令在新郎拥抱新娘前像昨天一样，把他们连床一起搬来。

和昨天一模一样，精魔忠实而准确地完成了任务。菩德公主又委屈地和阿拉丁同床共枕地躺了一夜。当然，不用说两人间还是有一把弯刀。第二天一早，精魔按主人命令先把新郎放在新娘身边，然后连床把两人搬回宫内。

受了冷遇的苏丹很想知道女儿昨夜的情况，一早醒来便立刻往新房走去。宰相的儿子一听到开门声，急忙跳下床躲进更衣室。苏丹走到床边和昨天一样祝了早安。

“孩子，你的心情比昨天早上好点没有？”

公主仍然不吭气。苏丹顿时明白她不仅遇上了不可言状的麻烦，陷入了绝望的境地，更有什么事瞒着他。他怒气冲冲拔出佩刀。

“女儿，快说出了什么事，不然我劈开你的脑袋。”

眼前的刀光可比父王的威喝要严重得多，公主吓得直打哆嗦，终于开了口。

“亲爱的父王苏丹陛下，”她眼泪汪汪地说，“如我触犯了你，求你千万不要动怒。同时，要是你听了这两夜我是怎么熬过来的，也希望你宽恕怜惜我。”

这些话打动了苏丹的心。菩德公主随后激动地诉说了这两夜的遭遇，国王听了也深为动容。

“陛下如对我的话有丝毫怀疑，可以亲自去问我丈夫，他也应当原原本本告诉你。”

国王立即感到公主必然遭受了极不寻常的境遇。

“孩子呀，千不该万不该，昨天你不该不告诉我！我和你一样心境难以平静。我不想让你婚后痛苦万分，你理当享受应得的欢愉和快乐，应当拥有知心和体贴的丈夫。不要再去想这些苦恼的怪事了，我要给你更多的关怀，下令不让你再过这孤苦无援的黑夜。”

苏丹回到房里立即召见宰相。

“见到令郎了吗？难道他没跟你说什么？”

“陛下，我没见到他。”

国王把菩德公主的遭遇说了一遍后，说道：“我不怀疑女儿说的事实真相。当然，最好是从你儿子那里得到证实，你现在火速过去弄个水落石出。”

宰相立刻把儿子叫来，问他苏丹说的可是真情，并要他老老实实地说清事实真相。

“爸爸，我决不对你隐瞒什么，菩德公主所言全是实情，可她对我的遭遇却一无所知。婚后，我过了可怕的两夜，那绝非言语所能形容的，我心惊胆战，新床被抬了四次，从一地搬到另一地，也不知怎么弄的。我的情况更糟，整整两夜，光着身子被锁在一间不知是什么样的暗室里，无法动弹。我更要告诉你的是，我肉体上所受的折磨难以磨灭我对公主的爱慕、尊敬和一往情深。不过，我也应当承认，尽管娶了国君的掌上明珠，享有了无上的光荣和尊贵，但还要我忍受那莫名的痛苦，继续和王室联姻，还不如要我去死。我相信公主也抱有同样的感情，她正准备同意我们的分离，这对我们能好好休息是十分必要的。为此，父亲，我求你以过去为我获得如此殊荣的情怀，再去请求苏丹陛下，同意解除我们的婚约。”

尽管宰相朝思暮想要儿子和苏丹攀亲，但儿子坚决要和公主分手的态度使他感到再让儿子忍上几天是十分不妥的，他只得去见国王，禀告他公主说的事一点不假。没等国王开口解除婚约，宰相即奏请恩准他儿子离宫，他已不愿公主因他儿子再受一刻痛苦。

宰相的要求毫无困难地得到了满足。同时，早已胸有成竹的国王下令城乡中止庆典，快马向各领地传达撤销他的第一号命令。全国上下的欢庆活动顿时偃旗息鼓，烟消云散。

老百姓对国王突然改变主意十分诧异。瞧见宰相和他儿子垂头丧气、一脸愠色走出王宫，大家更是面面相觑。这里，除了阿拉丁，谁也不知底细。他对神灯给他带来的胜利不禁暗自高兴。现在他已没有必要再擦灯呼唤精魔去阻止那场失败的婚姻，因为他的情敌已经离开了王宫。

阿拉丁等到第三个月期满，那是国王亲口答应把公主嫁给他的日子。第二天，他又让母亲进宫，提醒苏丹兑现他的诺言。

老妇人按儿子的嘱咐，次日一早再度进宫，踏进大殿后便站在原先的地方。国王一眼便认出了她，也记起了她来此的目的和让她走时的情景，所以当宰相正准备启奏公文时，国王打断了他的话：

“爱卿，几个月前送我一份厚礼的那个女人又来了，我想先听听她想说些什么。”宰相抬眼看去，见阿拉丁母亲站着，便唤执事叫她过来。

老妇人伏在丹墀下叩拜完毕，抬身时国王问她有何要求。

“陛下，我以儿子阿拉丁的名义前来朝见。陛下吩咐我在第三个月的月初再过来，现在恳请陛下履行诺言。”

在国王的记忆中，老妇人的形象已经很模糊，他在寻思如何答复。一眼看去，这阿拉丁母亲衣衫简陋，算得是寒微的小户人家，她来求亲对公主的婚事将是十分不妥的，心中当然十分不愿把女儿嫁给如此低微人家的陌生小伙子。最后他想和宰相商量后给她一个起码的答复。

宰相心里有数，他如实地对国王说：

“圣上，按我的主意，辞却如此门第不当的婚事倒是有一条妙计，而且还能让他有苦说不出口。谁叫他不知天高地厚，想高攀公主，而自己又是个一文不名的穷小子。主上可以开口索要一个他无论如何拿不出来的高价。唯有这条办法可以令他断了念头。”

国王赞同宰相所献之计。他盘算一番后转向老妇人说道：

“好心的妇人，苏丹王必须遵守诺言，我当然也不例外，很想使你儿子高高兴兴地和我女儿成婚。但我不能两手空空地把女儿嫁出去。你回去告诉你儿子：只要他进贡四十只足金盘子，盘里装满珠宝，而珠宝颗颗都要像他上次送来的一般大小。盘子由四十个黑奴端着，再由同样数目的美丽端庄、衣着华丽的白女奴护送进宫。满足了这些条件，我一定把公主许配给他。去吧，现在就去告诉你儿子，我在这里静候他的佳音。”

老妇人再次叩拜后退下。一路上，她暗自为儿子愚蠢的念头发愁：他从哪里去找这么些足金的大盘、多彩的珠宝来填满国王的欲望？难道他还去钻地洞，从树上摘？就算得到了金银珍宝，那些黑奴白奴又从哪里去找？这回一定完了，他一定十分不满意我的这次任务。她带着满脑袋诸如此类的想法进了家门。

“孩子呀，”她对儿子说，“我劝你再也别胡思乱想去娶菩德公主了。今天苏丹和蔼地接见了我，他也是向着你的，但我拿不太准。从我话里你可以猜到是宰相又让他改变了主意。我向国王陛下陈述了三个月的期限已到，请他实践诺言时，他没有立时答话，而是和宰相咬了一阵耳朵。”母亲接着把苏丹的条件和为订婚索要的巨额钱财详详细细地说给儿子听，最后告诉他苏丹即等回音，“不过，我想他会等得不耐烦的。”

“妈妈，不会像你想象的那么长久。国王想利用这过分的索取来阻挡我的要求，他完全错了。我还以为我会面临更大的困难，为这美丽绝伦的公主国王会索取更高的彩礼。现在我很高兴，他提的要求对我和公主来说不过是小事一桩。让我来考虑满足他的要求，你弄晚饭，别的你都不用管了。”

等母亲出门去市场后，阿拉丁拿起神灯轻轻一擦，和以往一样，阿拉丁对精魔布置下了任务：

“国王同意将女儿许配给我，但要求四十只足金盘子，盛满我取神灯那个花园里树上的珍宝。金盘由同等数目的黑奴顶着，每人再由衣着鲜艳、容貌秀丽的白女奴领路，赶快给我备妥礼物，我要在宰相想明白前赶快送过去。”

精魔告诉他所有的要求立时可以满足，说完隐身而去。

不消片刻，精魔带来了四十个黑奴，每人头上顶着一只大金盘，上面盛满了珍珠、钻石、宝玉、祖母绿，每颗都大过以前送的。宝石上覆盖着一方银丝织成的盖布，上面绣着金花。黑、白奴隶加上如许财宝，把一个小屋子加上前厅和庭院挤得满满的。精魔问还有什么事可以效劳，阿拉丁告诉他目前没有了，他又不见了。

母亲从集市回家，看着屋里这么多人举着无价之宝，惊叹不已。她放下食物，还来不及摘下面纱，就听得阿拉丁说道：“妈妈，时间一刻也不能耽搁。在国王回后宫之前，务必请你进宫献上这份聘礼，作为给菩德公主的嫁妆，让他明白我办事着力，抱着真心结亲的一片至诚心意。”

没等母亲回答，阿拉丁推开大门让女奴们出来，每个白奴领着一个头顶金盘的黑奴。等母亲随着最后一个黑奴出去后，阿拉丁关上大门，满怀希望等待着，心想这回苏丹收下了这份礼一定会同意他做驸马了。

第一个女奴迈出门槛时，就引得路人驻足围观。等队伍全体列队上街后，整条街道挤得水泄不通，人人奔走相告，一睹这气派场面。女奴们身着豪华衣衫，佩戴价值万贯的首饰，按人群中珠宝商的估价，每件饰物绝不低于一百万；此外，高贵雅致的服式、姣好的容貌、富贵大方的气质以及百里挑一的身材……一切的一切实在无与伦比。整齐的队伍默默地迈着步子，头顶上纯金圆盘中的大号珍宝错落有致地堆放着。再看她们平帽上的钻石，式样新颖，品味奇特，使目睹者无不啧啧称奇，看着队伍远去，自己竟久久忘了移动脚步。去王宫的路上，一路走街串巷，大部分居民都有机会目睹盛况。到达王宫门前，门卫一见这富丽堂皇的气势，以为哪位国王驾到，全体列队相迎，下跪亲吻衣裙，但被制止住了。受精魔管教的女奴告诉卫队：我们仅是奴仆，主人随后驾到。

说话的女奴随队进入宽阔的二殿。国王上朝时这里坐着王宫总监，他负责将众官员整队。当阿拉丁送礼队伍的女奴们一出现，立时将为首官员的气焰压下去了。过去宫里哪见到这种场面与辉煌，朝内哪个官员也摆不出如此显赫的气派。

国王早已闻讯女奴们列队向王宫走来，他已下令放行，所以队伍一路无阻，排成两列顺利地进到大殿，在御前排成一个弧度很大的半圆。这时黑奴把托盘放在地毯上，俯伏在地，白奴也前额贴地，连连叩首。行过大礼，全体平身。黑奴掀开盖布，双手交叉在胸前，伫立一旁。

与此同时，阿拉丁母亲走近丹墀，行过礼，说道：

“陛下，我儿阿拉丁送上的聘礼实在不能和公主的身份相配，但无论如何希望陛下笑纳并能博得公主的欢心。区区薄礼能使他今后有更大信心，达到陛下对他的要求。”

此时此刻的国王哪有心思聆听阿拉丁母亲的话，他投眼在四十只大金盘上，看到了前所未有的鲜亮珍贵、价值连城的珠宝，也看到了四十对黑、白女奴，个个举止优雅端庄，衣着艳丽。他和其他君王一样，只剩下叹为观止的表情，但在答复阿拉丁母亲前国王还是回头征求了宰相的意见。宰相睁眼看着这一份花团锦簇的厚礼，比苏丹更为愕然。

“好了，我的宰相，就我们说得出姓名的人里，还有哪个能拿得出如此厚礼？难道他不配做我驸马娶菩德公主为妻吗？”

宰相顿生嫉妒，怒形于色。他不能眼睁睁看着一个陌生小伙子竟在他儿子前面当上驸马爷。显然，阿拉丁的这份聘礼远比他的强。他只得顺着苏丹王的情绪，答道：

“我一直在想，送上如此一份厚礼的人，怎能不受陛下的青睐？恕臣大胆，他应受更多的尊敬，但我总认为：世界上最大的财富也无法和陛下的女儿——公主相比拟。”这席话博得朝内众臣一片喝彩。

国王不再犹豫，也不去想那个要做他驸马的阿拉丁是否集众人之长于一身，就凭眼前这笔财富和阿拉丁不辞辛劳，不顾他提出的条件有多么苛刻，竭力满足了他的欲望，就凭这一点，阿拉丁就已轻易地征服了他的心。

“太太，回去告诉你儿子，”国王让她带着满腔希望回家去，“我张开双臂欢迎、拥抱他。越快前来迎娶我女儿，我越高兴。”

阿拉丁母亲像一个慈母眼看着自己的儿子前程无量一样，心里乐开了花，飞快地赶回家。这里的苏丹早早结束了当日的早朝，起身回后宫，命令公主的侍女将金盘端进女主人房内，等闲来一起细细欣赏。那八十个奴仆也没有被冷待，都被引进宫里。

阿拉丁母亲有了如此上好的消息，喜上眉梢，踏进家门。

“孩子，现在你有一切理由高兴起来。出乎我的意料，你的心愿刹那间统统实现了。苏丹在满朝文武一致的认同下，毫不迟疑地宣布你可以迎娶菩德公主。他欢迎你，为你完婚。眼下，你必须做好充分准备，为初次朝觐给国王留下一个好印象。我目睹你创造了如许的奇迹，我已不再有所求了。最后我再告诉你：苏丹以极大的耐心等着，这真是机不可失啊。”

阿拉丁听了这消息顿时心花怒放，一心想着立刻朝觐国王，没怎么答话便回到自己房间。一进屋，先擦拭了一下这盏至今在任何方面都没让他失望过的神灯。精魔立刻出现在眼前。

“精魔，我马上要去洗个澡。浴后，你把世上国王都没穿过的最漂亮的服装送一套来。”话音刚落，精魔驮着他隐身来到一个用上等五彩大理石装修的浴场内，不知是谁的一双温软的手在一间寂静空阔的厅里为他脱去了衣服，把他引进浴池，池内水温适度。那双温香的手替他用香汤擦身。几度入水后，他的容貌已是焕然一新，绝不是以前那个阿拉丁了。他肌肤洁净，白里泛红，身躯清爽。回到外间更衣室时，原来的衣衫不见了，代之为一袭异常漂亮的长袍。精魔服侍他穿戴完毕，又把他送回家里，问他还需要什么。

“哦，我要你马上弄来一匹骏马，鞍辔必须齐全，价值要过百万。马匹要体态优美轩昂，要超过国王马厩里任何的良驹。另外，还要二十名随从，服饰必须和送礼进宫的一模一样。再要二十名随从列队在马前。此外，再选六名侍女服侍我母亲，她们的衣着不得稍逊于菩德公主的贴身宫女，每人再携带一身王后才配得上的华服。再给我准备一万金币，分装十袋，快去快回。”

阿拉丁的话音刚落，精魔隐身而去，顷刻间带来了骏马和四十名奴仆，其中十人每人带着一千金币的皮袋。六个女奴，各为阿拉丁母亲顶着一套包在银丝中的华服。

阿拉丁从奴仆手中拿过四袋金币，留作母亲家用，另六袋命令在去王宫途中散发给围观的路人。他下令那六名奴仆分两列走在最前面。他又叫来母亲，告诉她这六名女奴归她使唤，她们顶着的服饰都是给她替换的。

一切安排妥当，阿拉丁告别了精魔，等着国王的召见。他派了一名奴仆进宫找总管，了解何时可以前去拜见国王。仆人去了不一会儿，回来报告说苏丹王正耐心等候着他前往。

阿拉丁一跃上马，让队伍按排定的次序向王宫进发。尽管他过去从未骑过马，但在马背上表现出的仪态令最有经验的骑手也不会把他当成新手。

队伍要经过的大街上霎时站满了围观的人群，周围不时响起喝彩声，尤其当带钱的六名随从往两边抛撒金币时，更是掌声雷动。欢呼赞叹声不仅来自拿到了金币的人，更多的人为阿拉丁的慷慨大方而惊叹。那些知道他过去流浪街头的人现在认不出他了；那些刚才还见过他的人，因为他转眼间仪容一变，也不认识他了。如此的排场全靠了神灯的威力，谁占有了它，谁就拥有了地位、权势。看阿拉丁本人的人大大超过了看华丽侍从队列的人，因为昨天送礼进宫时大家已见过这种阵势。懂马的对阿拉丁的坐骑爱不释手，他们当然不会因为鞍辔马具上的金银饰物看花了眼，而是真正懂得相马。现在大街小巷盛传国王准备将菩德公主许配给他，但没人对他过去的寒碜说三道四，谁也不眼红这飞来艳福，人们众口一词说他合该有此福分。

到达王宫时，迎亲礼仪已准备就绪。踏进二门，按给宰相、三军将领和各省总督制定的规例，阿拉丁正欲下马，却被宰相拦住了。他奉国王之命把马一直牵到议政殿内才扶他下马。阿拉丁对此人十分反感，但又只得随他的意思做。殿前众朝臣已分列两行恭候迎接。阿拉丁走在宰相右首，穿过百官的队列，走近王座。

苏丹一眼便看出阿拉丁的穿戴佩饰远胜自己，深为诧异。他凝神注视，只见驸马风度翩翩，文质彬彬，周身透出一股说不出的威严肃穆气质，和他母亲那拘板平庸简直不可同日而语。

心中的诧异没有妨碍国王起身离座，就在阿拉丁刚要拜倒时，他快步上前，慈爱地抱住了他。客套后，阿拉丁依然坚持伏地行大礼，但国王紧执他手，请他坐在右首。

“陛下，我接受圣上这份非凡的恩宠，不过，请允许我重申，我仍为陛下一介臣仆。陛下集天下之权，居万民之上，臣本无名小民，无高官显爵之位，蒙受如此殊荣，愧不敢当。臣一时斗胆，有机会看到并深爱高贵的公主，她终于成为我心底的希望。今恳请陛下宽恕臣的鲁莽，这愿望若无法实现，我必忧伤至死。”

“孩子呀，”国王重又拥抱他，“我诚挚地表示：你的一生对我是如此宝贵，我已有了周密的安排。当你的财富呈现在我眼前时，我更喜欢看到你的人影，听到你的声音。”

国王说完摆了摆手，殿内顷刻响起一片管弦丝竹之乐。他挽着阿拉丁的手进入一间豪华大厅，那里已经摆下丰盛的婚筵。两人入席，开怀畅饮。宰相和官宦们按职位高低，顺序入座。席间，国王对阿拉丁天南地北无所不谈，但两眼始终注视着眼前的年轻人。言谈间，阿拉丁应付自若，谈笑风生，益发给苏丹一个良好的印象。

宴席终了，国王召来都城法官，命令立即为阿拉丁和菩德公主修好婚书，同时和宰相以及朝臣一起跟阿拉丁闲聊。阿拉丁如珠的妙语、自如的应答、彬彬的礼仪使满朝文武无不为他的机智潇洒赞不绝口。

法官按格式填好结婚证书，国王征求阿拉丁意见：是否留在宫中等候隆重婚礼的举行。

“启禀圣上，尽管我迫不及待地企望接受陛下的恩赐，”阿拉丁奏道，“但我还是请求推迟婚礼，直到我为公主建造的一座适合她那崇高地位的宫殿落成。为此，我请求陛下在王宫附近赐地一块，以便今后随时入朝请安。宫殿我一定以最快的速度建成。”

“孩子，哪块地由你自己挑。王宫前面有的是空地，不过，我要尽快看到你们俩结合，以慰我的平生。”

说完他又紧紧拥抱阿拉丁。阿拉丁以王族礼节告辞国王后回家。看他的风度举止，似乎他从小就生活在宫廷之中。

他跨上骏马按原路回家。一路上观者如堵，不断为他发出掌声和祝福。才进家门他便走进自己屋里，拿起神灯，和以前一样唤来精魔，精魔问他要什么。

“我有充分的理由命令你按我的要求去办事。现在，如果你关心神灯的主人，你要付出加倍的努力和热忱。我要你在王宫附近修建一座宫殿，迎接我的妻子菩德公主，越快越好。材料由我选定：主楼用花岗岩、碧玉、玛瑙、天青石；配楼用多彩大理石。主楼顶层是一个大厅，分四大间，顶是圆穹形。墙用金银砖块交替砌成。四大间房屋每间有六扇格子窗，其中有一扇应尚未完工。窗格的几何图案全部用钻石、红宝石和祖母绿镶嵌，其名贵和富丽应是普天下君王从未见过的，宫前修有内外大殿和花园。除了以上各处，你必须指点给我安放金银宝物的地方。宫内当然要有厨房、办事室、贮藏室和安放四季家具的保管室。马厩里名马林立，总管、马夫和猎具必须具备，厨房和办事房里要有专人负责，还要有侍候公主的宫女。听明白了就去办，完成后立刻来告诉我。”

当阿拉丁吩咐精魔修建宫殿的时候，日已西斜。一夜无话，阿拉丁思念公主，通宵未合眼。第二天一早，精魔前来汇报：“主人，宫殿已经修建完成，请您动身前去验收。”

阿拉丁欣然同意，精魔立刻把他送到宫殿门前。建筑质量之高出乎阿拉丁意料，他非常满意。精魔带他穿堂入室，满眼尽是荣华富贵的陈设。男女仆役按分工穿着各式服装。精魔又带他去储宝库，管库的打开大门，只见成堆的大小钱袋整整齐齐地从地面堆到天花板。精魔保证了管库的诚实可靠。他们来到马厩，阿拉丁看到了几匹世界上最好的骏马正由马夫给佩上鞍辔。马具室里，摆着一应马衣什物和鞍褥饰品。

阿拉丁从上到下审视了宫殿的每个角落，特别是有二十四扇格窗的大厅，一切都出乎意料地完美。他转身对精魔说道：“看来世上没人比我更为满意你的工程质量了。但别怪我，还有一件事我忘了告诉你，我还需要一块质量上乘的细天鹅绒地毯，从苏丹王宫一直铺到这里，这样公主便可以从上面走到这里。”

精魔消失了，阿拉丁立时便看到了他所要的地毯。精魔回来后，趁王宫的大门尚未开启又把他送回家里。

门卫一天中总是第一个看到门外的景物。早晨，他们像往日一样出来开门，但打不开，用力推开后一看，只见一条细天鹅绒地毯蜿蜒伸向远处。一开始谁也不知道是怎么回事，顺着地毯往远处望去，才看清了不远处阿拉丁的宫殿，不禁大为惊奇。有关奇迹的消息很快传遍宫内。第一个到来的宰相一见这新鲜事，其惊讶程度丝毫不亚于老百姓，他跑去报告国王这一切纯属妖术。

“我的宰相，为什么你要把它看做是妖术呢？你我都知道这是我赐给阿拉丁的土地，同意他在这块地上修造宫殿，接我女儿入住。我们证实了他的确富甲天下，为什么现在又怀疑他能在短期内修造宫殿的能力呢？他想给我们来个惊喜，让我们每天都能看到：只要有了钱，什么人间奇迹不能创造？！应当承认，你说这是妖术纯粹出于内心的嫉妒。”早朝的时间打断了两人的对话。

阿拉丁到家后打发了精魔，看到母亲已起床，穿上了昨天为她准备的衣服。他等国王上朝后，请母亲带着女奴进宫去朝觐国王，告诉他这是来陪同公主晚上回自己宫殿的。母亲一行尽管穿戴得异常高贵，但并没有多少人围观，原因是她们个个戴上了面纱，上身也罩上大褂。至于阿拉丁，他跨上高头大马，满怀喜悦的心情像昨天一样上路了。离家前，他小心地拿上神灯。只有在神灯的帮助下，他才会有如此辉煌的成就。

门卫瞧见阿拉丁母亲，立刻报告。苏丹当即命令在宫廷等候的乐师一齐演奏，霎时，大厅内响起热闹的乐曲，激起了全城的欢乐。商贾们也在店铺里张灯结彩，摆上花束。手艺人放下工作，随着人群拥到广场上。广场两端是两座同样巍峨的宫殿。他们都想弄明白，如此壮丽的新建的宫殿，究竟用了什么不可知的仙法，在毫无备料和打地基的情况下，一夜之间吹出来的。

阿拉丁母亲受到隆重接待，由总管带入内宫去见菩德公主。公主正由宫女化妆打扮，佩戴阿拉丁赠给的金珠宝石，听说婆母来到，忙上前施礼问候，一起坐在软椅上，内侍端着王室茶点一旁侍候。国王想在女儿离去前再多见见面，这时也来到公主卧室。阿拉丁母亲在议事厅里曾和国王有过多次接触，但国王从没见她摘下过面纱，如今一照面，见她尽管现在已上了年纪，但容貌依旧留下了昔日娟秀的风韵。过去国王见她虽不像是穷苦人家，但总是布衣素鞋，衣着简单，如今，他惊奇地发现眼前的老妇人也穿上了和他女儿一样的华丽服装，这更使他相信阿拉丁办事的深谋远虑和面面俱到。

入夜，公主即将离宫，父女俩告别时都泪沾衣襟，柔肠寸断。多次难舍难分的拥抱后，公主在婆母的扶持下离开闺房，向阿拉丁宫殿走去。两人身后，一百名盛装宫女紧紧相随，前面由一支大乐队开路，他们是白天欢迎阿拉丁母亲的全体乐师。乐队后面有一百名白奴、一百名黑奴的双行列队，两旁有四百名青年侍从掌着灯。他们手里的灯火加上两座宫殿的灯饰，把夜空照耀得如同白昼一般。

公主踏上了通往阿拉丁宫的地毯，开道的乐师和等候在阿拉丁宫的音乐家们汇成一支庞大的乐队。吹拉弹奏，敲锣打鼓，如潮的乐声不但激发了广场上群众的热情，也使两宫中的人们和全城的居民兴高采烈。

公主终于走到新宫门口，阿拉丁以忘我的喜悦跑步上来迎亲。母亲向公主指出了官员簇拥下的阿拉丁，公主一眼便认出了他的形象，不禁心中暗喜。

“敬爱的公主，”阿拉丁恭敬地走上前去，“如果我不幸地因胆大妄为，敢于追求苏丹的女儿、可爱的公主而引起阁下的不快，那我必须指出：罪不在我，肇事的起因是你明亮的双眸和绝色的天姿。”

“公子，这是我现在应当称呼你的。我服从父亲的意愿和安排而在今天见到了你，我心愿已足，我愿追随在你左右。”

阿拉丁听到如此甜美的回答，心花怒放。他不愿让公主走了一长段路后还站着讲话，连忙拉起她的手，喜滋滋地吻了一下，把她带进一间大厅。厅里点着无数支蜡烛，并在精魔的安排下，摆下一桌丰盛的酒宴。桌上的盘碟都是纯金制成，盘内盛着鲜美的菜肴。桌上的花瓶、盆罐、酒具也都是精工打制的金器。周围其他的装饰无不金光闪烁，呈现一派富贵景象。公主看到如许财富集于一堂，只觉得眼花缭乱。

“公子，过去我总以为世界上没有比父王的宫殿更美的地方，如今看了这座大厅，才明白我的眼睛以前受骗了。”

阿拉丁请公主入席。等公主和母亲双双入座后，乐队轻拨琴弦，弹起妙曲，佐以歌女的轻歌曼舞，直至席终。公主听了抑扬顿挫的音乐非常高兴，她说在父亲的宫中从未听过如此美妙的乐曲，她哪里知道这些乐师都是神灯的精魔精心选来的仙女。

酒宴方罢，残席撤去，一队舞娘按婚礼习俗跳起花式肚皮舞，最后的节目是一对男女演员所跳的轻盈快捷的舞蹈，舞会到此结束。午夜时分，按当时中国的习俗，阿拉丁要站起来把手伸给公主，拉着她共舞，以结束入洞房的仪式，两人在舞池中跳得十分投入。舞娘离去后，阿拉丁拉着公主的手进入洞房。至此，阿拉丁和菩德公主的婚礼才告结束。

次日早上，阿拉丁醒来后，随从们又拿来一套和昨天一样鲜亮的衣服，并侍候他穿戴完毕，然后他命令备马，在一班随从的卫护下直奔苏丹王宫。国王和昨天一样，跟他拥抱亲吻后让他坐在王座右侧，命令左右侍候早餐。

“父王，我请求今天暂免赐恩。我来敬请陛下去公主宫中共进午餐，并请宰相和朝中显宦王公陪同前往。”

国王欣然同意，立刻起身离座。好在两宫相隔不远，他们便决定步行前往。他右手拉着阿拉丁，左边走着大宰相，前面有朝中众官开路，还有显贵宦臣尾随在后。

离阿拉丁宫越近，苏丹越为这座宫殿的新颖别致感到惊奇，简直惊奇得难以自已，踏进殿内更觉眼花缭乱，不禁大声喝彩。最后阿拉丁邀请众人参观那有二十四扇格窗的顶殿。国王欣赏了窗格的艺术，看到了装饰的钻石、红宝石、祖母绿以及其他的大块宝石。阿拉丁指出，他里外都采用这类饰品。国王听得目瞪口呆，良久才回头问宰相：“天底下有哪座宫殿能像这座如此气派？我在这里简直成门外汉了。”

“陛下应当记得，还是前天你收阿拉丁为驸马时，才答应他在你宫殿前面另外修建一座。那天太阳落山时这里还是一片空地。昨天是我第一个告诉你宫殿已经竣工。”宰相说。

“我记得清清楚楚，但根本没想到这座宫殿竟成了世界奇迹之一。你能在哪里找到房子的墙是用金砖银砖而不是石头大理石砌成，窗根是用钻石、祖母绿镶嵌的。这真是前无古人的奇迹啊！”

国王绕屋子走了一圈，观赏了所有窗格上精工细琢的手工。他一扇接一扇数着，惊讶地发现只有二十三扇是完好的，美中不足的是第二十四扇尚未完工。

“宰相，”国王向那个永远和他观点一致的人问道，“我真奇怪，如此精美的工艺怎么留下这等缺陷？”

宰相并不怀疑阿拉丁因时间紧迫来不及像其余二十三扇一样迅速完工，他也不怀疑阿拉丁因珠宝不够而无法装修。这种事找个机会都能办到。

当时阿拉丁离开国王去安排了几件事，等过来时正赶上宰相在议论他完不成窗子的事。

“孩子呀，”国王一见他过来，“这间大殿是全宫最值得骄傲的地方，不过有一件令我不解的事，就是我看到了还有一扇格窗尚未完工，这是工匠的疏忽还是时间过于仓促，以致在如此精美的建筑物上留下一块瑕疵？”

“陛下，不是您说的原因造成这情况，这件事是经过考虑后工匠们按照我的意思留下的。我想过了：这扇窗是否留给您来完成？陛下若是接纳我的意见，倒可以永远留作纪念。”

“如果真是你的意思，我乐意接受。我将立刻下令。”国王立刻传唤首都最有名的金匠和珠宝商。

国王走出顶楼，阿拉丁带他到新婚之夜以盛宴招待公主的地方。公主满面春风地出来迎接父王，显然她对婚事异常满意。餐厅里已经摆上两桌丰盛的酒席，餐具全是纯金打成。国王带着公主、阿拉丁驸马坐在首席，朝臣、大公、贵族们则按顺序坐在为他们布置的长长的另席。擎杯举箸间，国王一迭声地连连夸赞菜肴的味道，其鲜美可口，是他生平从未尝过的。他夸奖美酒的清醇、芳香。席间最使他惊羡不已的是四道自助菜，酒菜全用纯金杯盏和碗碟盛装。廊间有乐师奏起美妙音乐佐兴。

当国王从餐桌边站起身时，侍从报告他珠宝商和金饰匠已在外面等候多时，他便带上他们又到最高层，指着未完工的窗户说道：

“我要你们参照其他的窗格，把这扇窗装修完。先过去仔细看看原来的工程技术，必须修得一模一样。”

工匠们仔细看了已完工的二十三扇窗，经过慎重商议后全体面陈国王：

“陛下，我们愿意不遗余力完成陛下交付的工程，但我们竭尽家中所有也不足以应付工程之一半。”

“宝石我有，”国王说道，“你们可以去宫里自由挑选。”

国王回宫后命令尽速满足工匠们的要求，他们确实也拿走了不少，连阿拉丁后来进贡的聘礼都全部挑走了，后来又来了几趟，又拿走了一批，辛苦忙碌了一个多月，工程尚未及半。总之，用完了国王的库藏和宰相的私蓄，连半扇窗还没完成。

阿拉丁看到国王一心想修完这扇窗格的努力已经失败，而且再也无处可弄珠宝了，便命令停工，把未完的工程统统拆掉，所有的宝石如数归还原主。工匠们几个小时内就把六个多星期来做的工程拆得一干二净，纷纷离开了。最后厅里只剩下阿拉丁一人，他拿出随身带着的神灯一擦，精魔应召而至。

“精魔，过去我让你在二十四扇格窗中留下一扇半成品，你办得很好。现在我要你去安好那扇未完工的。”精魔闻言便隐退了。阿拉丁出去了一会儿，回来时发现工程已完工。

与此同时，工匠和珠宝商进宫朝觐苏丹。一位富商呈上带回的宝石，说道：

“陛下，我代表全体工程人员禀报。陛下赐下的工程我们尽心工作了很长时间，却远未完工。但阿拉丁不仅执意要我们离开，还让把陛下的宝石统统拆下来归还。”国王诘问阿拉丁这么做有没有说明什么原因，他们异口同声地说不知道。国王立刻下令备马。他骑上那匹打猎用的快马，带上几个随从，向阿拉丁宫殿跑去。入宫后，他也不让通报，踏上楼梯径自向顶楼大厅走去。阿拉丁这时还没下楼，两人正好在厅门口相遇。

国王不待女婿解释为什么不让他来完成这个工程，就急匆匆地问道：“贤婿，我不明白你为什么让如此漂亮的大厅留下一块美中不足之处。”

阿拉丁当然不能和盘托出国王的珠宝大大不够，只好支吾着说：“陛下所说属实，现在再请陛下移步窗前审看，是否还缺些什么？”

国王走到先前还在装修的窗前，但眼前的窗格和其他二十三扇一模一样。他错以为自己看花了眼，再把正反两面又仔细地看了良久，然后又一扇接一扇地看完了全部二十四扇，最后肯定了几个工匠做了一个多月尚未完工的那窗在片刻之间已全部修复。他跳起身来，拥抱并亲吻阿拉丁的前额。

“你总是在顷刻之间完成凡人无法做到的惊人之举。你是世界上无与伦比的人物，我越深入了解，就越敬佩你。”

阿拉丁听完了国王的溢美之词，躬身答道：

“陛下的好意和嘉奖，对我是巨大的荣幸，我保证今后更为尽力去做。”

国王回宫去了，没有让阿拉丁送行。在内宫，他看到宰相已等候很久，便把目击的奇迹和心情一五一十作了描述。爱慕的言辞使这位手下的宰相没有丝毫怀疑的余地，但宰相内心里却更为深信阿拉丁是在施展妖术。他刚想张口说说见阿拉丁第一面的印象，国王明白他的意思，打断了他的话头：

“这些话你过去曾对我说过，看来你还没忘你儿子和我女儿的婚事。”

国王有先入为主的思想，宰相再清楚不过了，便不再张口。现在国王每日清晨起床后，都要站在窗前欣赏阿拉丁的宫殿，白天也多次远远地观赏。

阿拉丁新婚燕尔，并没有把自己关在家里度蜜月，他每星期总有一两天进城去清真寺做礼拜或上宰相府。对方也不时来宫里看看，做礼节性回访。阿拉丁每次外出，总有两名随从在他坐骑两旁向路人抛撒金币。此外，来他宫前要求施舍赈济的人永远不会空手而返。总之，阿拉丁合理地支配他的时间，一个星期外出打猎一两次，时而在近处，时而在远郊。路过的城乡，百姓都能感受到他的慷慨与好施。人们通常也指他额头发誓，报以爱心和祝福。总之，除了对苏丹崇敬，不去惹他不愉快外，应该说，阿拉丁以他的和蔼可亲和乐善好施，深深地赢得了众人的爱戴，有时甚至超越了对国王本人。阿拉丁除了具有上述良好的品德外，还十分关心被人冷落的公益事业。最好的证明是他给予王国边境的入侵者以迎头痛击。事情是这样的：他知道国王正在国内征兵平叛，便前往求讨帅印。这对国王来说正是求之不得的大好事。阿拉丁一当上统帅，经常身先士卒，骁勇杀敌。班师回朝前国王已得知胜利消息。战争得胜后，阿拉丁的名字举国上下更是家喻户晓，但可贵的是他的举止性格一如往日，丝毫不因胜利而骄横暴戾。

阿拉丁就这样多年来一直规范着自己的行为。

再说那个非洲魔法师不甘心落到如此田地，灰溜溜地回去后总是耿耿于怀。他坚信阿拉丁被关进地洞后一定会悲惨地死在里面，但好奇心又促使他想得到一个肯定的答案。他是个大魔法师，精于沙土占卜。他从沙盘里取出一只带盖的方匣，盘腿坐下，打开匣盖，摆好架势，撒出沙土，根据星占图形判断阿拉丁是否已死于地下。可是列出的星图告诉他阿拉丁非但没死在洞中，而且逃出后活得非常快活，成了数一数二的大财主，并且娶了苏丹的女儿，是当地一个备受尊崇和敬慕的人物。

魔法师通过魔法，完全了解到阿拉丁已交上了如此好运，不禁火冒三丈，暴跳如雷。"这个该死的穷裁缝的儿子一定发现了神灯的秘密。我本以为这小子早已不在人世，可他却不劳而获，坐享其成。我得想办法毁了他。"他没有犹豫该怎么做，第二天一早骑上马，一路上溜溜达达又来到了中国首都。因长途跋涉后很劳累，他找了家客栈休息了一天一夜。

他想先听听老百姓对阿拉丁的看法，便走街串巷闲逛起来，专往酒肆饭铺人多的地方钻。在那里，不相识的人可以坐在一起喝一盅温热的黄酒，就像上次来时那样。一落座，侍者立刻送上一盅温热的黄酒。他啜了一口，耳朵却注意倾听周围的谈话。他发现人们谈论的都是阿拉丁的宫殿。他一口喝完杯中物，也加入了谈话的行列，乘机询问他们谈的那座宫殿究竟为何这么吸引人。

"看来你准是个外地人。"被问的人奇怪地反问道，"你从哪里来的，竟然没听说过王子阿拉丁宫殿（阿拉丁和菩德公主成婚后人们都这么称呼这座宫殿）？这座宫殿我不敢称它是世界奇迹之一，但它是国内现存的唯一的奇迹。它富丽堂皇，无与伦比。你一定远道而来，所以一无所知。要知道，现在哪里不在谈论它啊！去看看吧，检验一下我是否言过其实了。"

“请原谅我的无知。我从遥远的非洲起程，昨天才到这里，离开前确实还没听说过这座宫殿。我有急事，必须尽快赶到贵国，所以风雨兼程，一点没有耽搁。我当然想去观光见识，好奇心已使我再也忍耐不住，能麻烦你给我指个路吗？”

受魔法师怂恿的那个人高高兴兴地指了一条近道，魔法师立刻前往。来到宫殿前，他从各个方向审视了一遍，意识到阿拉丁利用神灯建造起这座宫殿已是铁的事实。一个穷裁缝的儿子能懂什么，只有神灯的奴仆，他梦寐以求的精魔，才有能力创造如此的奇迹。一气之下，他回到落脚的小旅店。

接着要弄清楚的是这盏灯现在在哪里。阿拉丁随身带着吗？要不，放在哪里？当然，用占卜找到它易如反掌。他走进房间，取出随身带来的沙盘，撒出流沙，测出了灯正在宫里。这一下，他喜不自禁，失声叫道：“我有办法弄到灯了，阿拉丁挡不住我。别看他现在平步青云，我可以把他打入人间地狱。”

也是阿拉丁合该有此磨难。他正好外出游猎八天，还要五天才能回来。魔法师决定怎么做以后，满心欢喜地来到店主房里，闲聊中告诉他自己已参观过阿拉丁宫殿，这是他周游列国中看到的最令人叹为观止的杰作，但好奇心使他想一睹这座宫殿的主人。

“这有何难，”店主答道，“前几天我们还见了他。他目前不在家，三天前去打猎，五天后才能回来。”

魔法师目的已达，他匆匆回到自己房里，自言自语道：“这是个千载难逢的机会，万万不可失去了。”

他走进一家灯具店里要买十二盏铜灯。店主说手头暂时没有这么多，要是能等到明天，他可以设法弄到。魔法师订了货，答应付一大笔订金，说好必须是式样美观、擦得锃亮的新灯。

次日，魔法师付了货款，拿上这十二盏灯放进篮里，挎上胳臂，径直往阿拉丁宫前走去。快到时，他开始吆喝："谁要旧灯换新灯？"他一路走去，身后跟随着一大群孩子，起哄笑话他是个疯子，要不是个大傻瓜，谁肯把新灯换旧的？

魔法师却若无其事，对侮辱和嘲弄满不在乎。他从宫前走到宫后，一个劲儿地喊着："新灯换旧灯啰！"公主这时正在有二十四扇格窗的顶楼大厅里，她隐约听到有人在喊，由于孩子喧闹，她听不清喊什么，便差一个宫女出去看个究竟。

宫女出去没多久，开心地笑着跑回来，连公主都止不住她笑。

"傻丫头，快告诉我你笑什么。"

宫女仍然咯咯笑个不停，她好不容易忍住笑，告诉公主外面有个傻瓜，臂上挎只篮子，里面装满了新油灯，他居然嚷嚷着用新灯换旧灯。孩子们围着使劲逗他，所以一片喧闹，但他仍旁若无人地走着。

另一个宫女听到后说道：

"你在说灯，不知公主注意到没有，阁楼上有一盏旧灯，那是谁的？拿它去换盏新的不好吗？公主有兴趣的话倒可以试试这个傻瓜是否笨到真是免费以新换旧。"

这个宫女说的灯正是阿拉丁的神灯，他怕打猎时会丢失，藏在了阁楼上。成亲后他也用过几次，当然避着宫女、侍从们，连公主都蒙在鼓里。平日里，他一直随身带着，要不就锁在柜子里。

菩德公主哪里知道这灯魔力无穷，阿拉丁为安全起见，也从未跟她提起过。今天她兴致很高，想开个玩笑，便命令侍从官拿上这盏旧灯上街去试试。侍从官遵命，拿上灯步出大厅，不一会儿来到殿门口。他叫住魔法师，拿出旧灯，说道："换盏新的吧。"

非洲魔法师一眼便认出这正是他朝思暮想的东西。在这座非金即银的宫殿里拿出如此一件旧物还能是什么呢！他一把抢过来，贴

胸藏进长袍，另一手递去篮子，让侍从官尽管拣喜欢的。侍从官选了一盏带回给公主看。这笔交易引得孩子们一声比一声喊得响亮，笑话他愚蠢。

魔法师若无其事地听任路人百般嘲笑，但不再喊新灯换旧灯了。他目的已达到，便不在宫前多作停留，从人群里脱身而出。

一出两宫间的广场，魔法师便悄悄地走上大街。趁人不注意时，他扔掉了手里的竹篮和铜灯，又转了两条街，穿过一道城门，踏上了城郊漫长的小径。他在城门口买了点吃食，沿着小路走进一片不见人烟的荒野。在野地里，他想妥了下一步的计划。旅店里的马他当然不会去管它了。他满脑袋都是朝思暮想的金银财宝。

在荒野里，非洲魔法师眼看白日已尽，夜幕即将降临，便从胸前掏出神灯，只一擦，精魔立即出现在眼前，说道："主人需要什么，奴仆悉听吩咐，我和其他精魔都是拥有神灯的人的奴仆。"

"我命令你把你和神灯的其他奴仆一起修建的这座宫殿连人带物一起搬到我的故乡——非洲去。"精魔默不作声，在神灯其他奴仆的协助下即刻把阿拉丁宫搬到了魔法师指定的非洲某地。这里且按下法师、宫殿和菩德公主不表，先来说说国王的惊奇。

国王次日起床后，像平时习惯的一样来到窗前，正要愉快地眺望对面的阿拉丁宫，但今天推窗一看，往日的琼楼玉宇踪影全无，眼前是一块空荡荡的地皮，又恢复了原先未建宫殿时的模样。他大吃一惊，揉揉眼睛又看了一次，还是如此。窗外天气晴朗，天空不见一丝浮云，晨曦初现，万物尽收眼底。他又跑到右边的窗户去看，情况依然如此。这一惊非同小可。他伫立良久，定睛看着原先宫殿的所在地，证明自己确实没有看错。他不明白，每天看惯的像阿拉丁宫这么一个庞然大物，昨天还矗立在眼前，今天却说不见就不见了，干净得片瓦不留，荡然无存。

“我肯定没有看错，”他自言自语道，“原先有宫殿在，就是倒了材料也应该还堆着，地震吞没了也不会了无痕迹。”所以，虽然眼前的奇迹已踪影全无，他还是站了许久，希望自己没有弄错。最后，实在无奈，只得转回内宫，急召宰相前来。他一时思绪万千，许多事情涌向脑际，竟不知如何排解。

宰相闻召，急急赶到。途中，他和随从都没注意到阿拉丁宫的消失，王宫守卫打开大门时竟也没有看到眼前的宫殿已不翼而飞。

踏进大殿，宰相急急地奏道：“陛下急召臣等，谅有特急要事。今天适逢议政日，届时我们会按时来到的。”

“我确有急事要商议。快告诉我，阿拉丁宫是怎么回事？”

“阿拉丁宫？”宰相莫名其妙，“我想应该还立在原地，如此结实的大楼是搬不动的。”

“那你上楼看仔细了，回来告诉我宫殿在哪里。”

宰相上楼一看，其惊讶程度丝毫不亚于国王。当他确信那朱楼画栋已一扫而空，眼前是一片平地、满目凄凉后，马上回到国王跟前。“看见阿拉丁宫殿了吗？”国王问道。“陛下应当还记得，微臣曾有幸三番五次禀告过，您引以为荣的这座豪华瑰丽的宫殿只是魔法师手中的玩意，但陛下根本没有在意。”

国王当然无法否认宰相的话。

“这骗子在哪里？我要马上砍下他的脑袋。”国王不禁勃然大怒。

“他已离宫多日，但不该对自己的宫殿漠然不知。”宰相答道。

“实在太放肆了，马上派三十名骑兵押他来见我。”

宰相闻言，亲自安排了三十名骑兵。出发前详细吩咐了如何行动，决不让阿拉丁逃出他手心。骑兵队领令而去，在离城六里的地方遇上阿拉丁狩猎归来。军官上前告诉他国王急不可耐地在找他，命令他们前来护送他回宫。

阿拉丁根本没有怀疑士兵来此的目的，依然走在前面。等离城还有半里时，军官上前说道：

“阿拉丁王子，求你宽恕，苏丹命令我们前来逮捕你，把你押解回宫治罪。我们只是奉命执行公事，请别见怪。”

阿拉丁自知清白无辜，但对这道圣旨也不免大吃一惊，忙问军士是否知道他犯的是什么罪，回答都说不知道。阿拉丁发现自己随从的实力大大不如卫士，便滚鞍下马，对军官说道：

“执行命令吧，我自信没有触犯国王，也没有叛国。”

一条粗大的铁链绕过脖子，锁住了他的身子，两臂反剪在背后。

于是军官领头，命令一名士兵在马上拉住铁链，让阿拉丁步行跟上，一行人向京城走去。

队伍走近城郊，城中百姓一见阿拉丁成了钦犯，明白国王要杀他。平日里，阿拉丁深受百姓爱戴，众人一见此情，有的拿刀，有的找枪，没有武器的也捡了一堆石块尾随士兵一起前进。在末尾的五个士兵想驱散他们，但后者人数太多，无法驱散。军官怕犯人被抢，也一心想早日躲进宫里，只得根据地形忽而将队伍排成扇形，忽而又拉成直线，掩护前进。到了王宫前的广场后，禁卫军把他们带进宫内，大门立刻紧闭。

阿拉丁立刻被带到楼上久等着的国王跟前，宰相也在一旁。国王一见阿拉丁带到，不由分说，马上下令砍下他的脑袋。刑吏解下阿拉丁身上的铁链，喝令他跪在早已铺开的沾满血污的牛皮上，并蒙上他的眼睛，然后抽出大刀。刀片在空中呼呼地比画了三下，量准部位，只等国王下令便立时让阿拉丁身首分离。

这时，宰相看到群众已冲散了禁卫军的马队，紧紧围聚在王宫前的广场上。有几处宫墙上的禁军已被拖下地来，不少人冲进宫中。

一见此情，宰相急忙叫住了正待发令的国王：

“陛下请三思，否则宫殿即将被占领。”

“谁敢占领我的宫殿？”

“陛下只消抬眼看看广场和宫墙上的百姓，就不会怀疑我的话了。”

国王眼见宫外人山人海，群情激愤，忙下令刑吏收刀，给阿拉丁松绑，同时命令侍卫向百姓宣布国王已赦免了阿拉丁的死罪，外面这才逐渐平静下来。

翻上墙的人目睹这一切，也就下来报告消息，欢庆合力拯救了一个受人爱戴的王子，同时也证实了侍从刚才在塔楼上向外发布的消息是正确的。苏丹对阿拉丁的仁义行为平息了群众的情绪，人群逐渐散去。

阿拉丁获得自由后，转身看见国王坐在楼上，不禁激动地高声问道：

“恳请陛下再开恩，明示我究竟犯了什么罪。”

“你犯了什么罪？”国王怒喝道，“好个奸贼，你竟敢佯装不知罪？你过来，我让你看。”

阿拉丁走向国王。国王眼也不抬，扭身便走，示意他跟在身后，到了顶楼门边，国王叫他进去，说道：

“好好看看你的宫殿在哪里，看仔细了再跟我说是怎么回事。”

阿拉丁登高一望，哪里有宫殿的影子。原先是宫门前的地方现在还在，但玉宇琼楼一无踪影。这一惊非同小可，他瞠目结舌，回到御前。

苏丹又怒冲冲地问他：“你的宫殿呢？我的女儿在哪里？”阿拉丁这时已恢复了镇静，回答道：“陛下，我已看清，我修建的宫殿已不在原地，它已不知去向，我现在也无法告诉你它究竟在何处，但我确实没有参与此事。”

“我不管你的宫殿，”苏丹大发雷霆，“我女儿的价值十倍于你的宫殿，你必须把她找回来，否则我发誓亲手把你脑袋砍下来。”

“遵命。只求陛下宽限四十天。四十天内如不成功，我提头来见。”

“我准你四十天的期限。你切莫以为能够逃出我的掌心，你逃到天涯海角我也能把你找回来。”

阿拉丁垂头丧气地离开了国王，低头穿过殿堂大厅，心里乱糟糟的。大小官吏过去都是他的朋友，他也从不亏待他们，现在个个冷眼相对，更不用说上来安慰几句了，他们既不张口，又不问一声是否有事帮忙，个个形同陌路。阿拉丁自己也魂不守舍，迷迷糊糊地见门就入，见人就问：“看见我的宫殿没有？知道我的宫殿在什么地方？”

问多了，人们都以为他疯了，不少人笑话他。但也有少数和他有过生意交往或保持真挚友谊的人确实同情、怜悯他。整整三天三夜，他不吃也不喝，心灰意懒地在城里恍恍惚惚地游荡。好心人劝他想开点，也强迫他吃点东西。

阿拉丁郁郁寡欢，他已无法在城里看着昔日的荣华已化为乌有，无奈之下踏上了去城郊的路。那时正是黑夜，他漫无目的地穿过几处寂寥荒凉的田野，来到一条河边。他失望极了，自言自语道：“到哪里去找回我的宫殿呢？国王要我找的我的妻子现在又在世界上哪块地方、哪个角落里呢？我永远不会成功了！还是从那无穷尽的痛苦和疲乏中寻找自我解脱吧。”他正欲投河轻生之际，觉得笃信伊斯兰教的一个好穆斯林死前理应规规矩矩做个礼拜才是，于是他走到水边，蹲下身，按礼节洗手、擦脸做小净。黑夜中，他看不清自己站的正是河坡的边缘。由于河水不断冲刷，那里又滑又陡，他一不小心，整个身子栽进了水里。他一阵乱摸乱拍，碰到了一块石头。这也是他合该有幸，手上一直戴着的那只戒指，也就是当初非洲魔法师要他下地洞找神灯时套在他手上的那只，当他在河坡上滑倒时为了摸石头，无意中重重地擦了一下，立时洞里见过的那个戒指神显现了。“主人想要什么？我和戒指的其他奴隶都是您的奴仆，也是所有拥有这戒指的人的奴仆。”

猛一见这巨大的精魔，阿拉丁吃了一惊，但绝望之余产生了一线希望。他高声说道：“先救我的命，然后，或是把我带到现在我的宫殿的所在地，或是马上把它搬回原地。”“主人，您的命令不在我权力范围内。我是戒指神，搬宫殿您要命令灯神才行。”“既然如此，在戒指神的权力范围内，把我送到我宫殿的所在地，降落在菩德公主窗前。”话音刚落，精魔已把阿拉丁送到非洲一个离省城不远的大花园中央，眼前耸立着他的宫殿，他正好站在公主房间的窗前。这都是瞬间就完成的事。精魔告辞而去。

尽管夜色浓重，阿拉丁非常熟悉自己的宫殿和菩德公主的香闺。夜深了，宫里一切都是静悄悄的，阿拉丁后退几步，一屁股坐在一棵大树底下。几天来被国王逮捕，几乎丧失性命，整日里惊恐动荡的生活和这里相比，这里充满了希望，象征着欢愉。安谧宁静的气氛使五六夜没有合眼的阿拉丁无法抵御那困倦的侵袭，他不知不觉倒在地上呼呼大睡起来。

次日清晨，天色放亮，他被头顶上和花园树林中的小鸟的啁啾声唤醒了。当他一眼瞥见那高大巍峨的宫殿时，禁不住心中暗喜。不久他又将是宫殿的主宰了，巴德露·菩德公主又将投进他的怀抱。他满怀希望一骨碌爬起身，来到公主的窗下来回踱步，等她起床后见面。这时，他开始寻找引出这场悲剧的原因。左思右想，最后肯定根本原因是没放好神灯。他一再责备自己太过粗心大意，但最使他迷惑不解的是：究竟是谁如此嫉妒他的幸福生活。其实，他只要明白目前他和他的宫殿都是在非洲，只要一提非洲，那魔法师，他宿敌的名字便可以使他想起一切。可惜戒指神没有告诉他这里就是非洲，他当然也没问。

菩德公主自被魔法师弄来非洲后，那天早上醒得比往日都早。魔法师是一宫之主，公主不得不让他每天进房一次，但对他十分冷漠，以致他也不敢久留。那天早上，公主正临镜梳妆，宫女从窗里看到了阿拉丁，迫不及待地跑进去报告。公主怎么也不相信，跑到窗前，果然也看见了花园里的丈夫，便急急推开窗户。阿拉丁听到窗响，转过头，看到了公主，高兴得几乎跳起来，两人互打招呼。

“我赶紧给你打开边门，快上来。”

边门就在公主房下。门一开，阿拉丁径直跑进公主房里。一对情投意合的夫妻小别后又高兴地相会，其欢愉是无法用语言表达的。坐下后阿拉丁问道：

“以安拉的名义，也为了你、我和你父亲苏丹，请告诉我，我出门游猎前留在大厅阁楼里的那盏旧铜灯到哪里去了？”

“唉，亲爱的丈夫！恐怕就是那盏灯让我们倒了霉。我最难过的事情就出在我身上。”公主伤心欲绝。

“公主不必自责了，问题出在我身上。我应该特别小心才是，但亡羊补牢还来得及，你把经过都说说，灯现在落到谁的手里了？”

菩德公主便把用旧灯换新灯的经过从头到尾讲了一遍。第二天早上她突然发现来到了这个陌生的国家。那个骗子告诉她这里是非洲。这一切都是靠他的魔法搬来的。

“公主，”阿拉丁打断了她的话头，“这个骗子是谁，我们在哪里，你都跟我说了。这个人是我见过的最最贪婪的人，现在没有时间细说他的为人，我只问你：他把灯怎么处置了？平日里灯放在哪里？”

“他总是小心翼翼地贴身带着，这一点我可以肯定，因为有一次他从长袍里掏出来向我炫耀过。”

“公主，我们一见面我一连串问了你这么多话，请你千万别不高兴，因为这对你我都十分重要。但我尤为关注的是，那个恶魔是怎么对待你的。”

“过来后他每天来看我一次，我不给他好脸色，免得他常来纠缠。他想方设法要我断了对你的念头，嫁给他。他一再表示我没有可能再见到你，父王早把你杀了。为表白自己，他还说你是个无情无义的坏蛋，亏了他，你才得以交上好运。他还甜言蜜语地安慰我，可我始终悲哀哭泣。后来他要我陪他，但我没对他说过一句好话。我知道，他的目的是假以时日，让我平静下来，不再忧伤，将感情转移到他身上。我知道如我再不从，他便要强占了。你的出现使我的不安一扫而光了。”

“只要公主的恐惧消除，我相信我们的努力不会徒劳。”阿拉丁说道，“我已找到你我从仇人手中逃脱的办法。为了完好地落实这项计划，我先去一趟城里，中午回来时详细告诉你怎么做，以保证万无一失。见我化了装，换了衣服不必惊慌。命令宫女：我一敲旁门必须立刻就开。”

阿拉丁走出王宫，看到一个农夫正往城里走，他赶上去要求和他换衣服穿，农夫同意了，两人在屋后互相换了衣衫。阿拉丁穿着农家服装进了城，走过几条街，终于找到了省城有名的商业区。这个省城里经商的、作画的，分门别类都有其相应的街面营业。有一条街全是大小药铺，他找了一家最大的，进门就说了一种药名，问他们有没有货。掌柜用生意人的眼光上下打量了他一阵，看他衣衫破旧，不像是付得起钱的模样，便明白告诉他：药有的是，价钱可是很高。阿拉丁斜着眼睛看了他一眼，掏出钱包，亮了亮包里的金币，让店主称一些药来。掌柜的称完包好，索要一个金币。阿拉丁一言不发，付完钱就走。他无心在城里溜达，喝了一点饮料，立刻回宫殿去。进入公主房里，他对公主说道："公主呀，你对那强盗的深恶痛绝，或许会成为执行我计划的障碍。听我说，在这节骨眼上，如果你想脱离这个坏蛋，让你父亲能再一睹你的芳容，那你必须竭力掩饰你的情绪。"

"请按我的话去做，"阿拉丁继续说道，"打扮一番，穿上最漂亮的衣裙，待那非洲魔法师再来看你时，一定要笑脸相迎，落落大方，不可存有一丝受折磨的表情，让他理解那段时间即将过去。言谈中，使他理解你是在努力忘了我。一旦他看到了你的诚意，你就让他请你喝酒。告诉他你想尝尝国内的名酒，他一定会去取。趁他离座时，拿一只你喝过的酒杯，撒一点这种药末。然后找个宫女，你们约好暗号，让她在你们喝得酒酣耳热之际，给你那只杯子斟满酒，然后你主动和他换杯喝。他受宠若惊，一定不会拒绝你的要求，只要他这杯酒下肚，立即会毫无知觉地倒下去。你不愿喝换杯的酒也没关系，装个样子，只要别让他发觉就是了。因为这种麻药发作极快，他无法看清楚你究竟喝了没有。"

阿拉丁说完，公主立刻回答道："要我对这个非洲人这样做是十分痛苦的事，但解决一个残暴的敌人是合情合理的。我一定按你的话去做，我们的希望都寄托在这上面了。"

公主同意了这个办法后，阿拉丁马上出宫藏了起来，准备好晚上行事。

且说菩德公主自从离开丈夫后，不仅心灰意懒，不断责怪自己粗心大意，而且日夜思念远方那个经常给以仁慈父爱的苏丹。她几乎忘却了打扮漂亮是她性别和地位的特征，特别是非洲魔法师第一次来她房间后。她从其他女人那里得知，就是他，使出了用新灯换旧灯的花招，这令他的面目更让人憎恶。然而，意想不到阿拉丁的复仇机会比她想象的来得更快，使她下了决心要努力做好。所以，阿拉丁一走，她便坐下来梳妆，换上艳丽的衣衫，金丝腰带上缀着最大的钻石。珍珠项链的两边各镶上六颗匀称光亮的海珠，衬托着中央那颗硕大无价的夜明珠；由钻石和红宝石杂嵌而成的手镯，与腰饰和项链相映成趣。

公主打扮完毕，从镜子和周围宫女的赞叹声中知道了结果令人满意。她觉得足以奉承那非洲人愚蠢的感情了，便靠在软椅上等他的到来。

魔法师按时来到，公主一见他进入大厅，起身笑脸相迎。她指着主人的座席，拉他坐在自己身边。如此的礼遇，非洲人真是前所未见。

公主身上闪耀着首饰的珠光宝气，但她美丽的笑靥和妩媚的眼神远比炫目的珠宝更为迷人。魔法师吃惊不已，手足无措。今天她的态度和过去相比简直是天壤之别。

坐定后，公主为打破这尴尬局面，主动开口说话。真切的情意、纯真的表情，使他相信在公主眼里，他已不是最初那令人憎恶的形象了。

“你肯定怀疑我和往日相比，今天的态度变化是如此之大，不过当我告诉你我已不再伤心、忧愁的原因后，你就不会奇怪了。我已伤心到头了，一切已事过境迁。我思前想后，你和我说起过阿拉丁的命运，我也十分了解父王的脾气，阿拉丁是躲不过这场灾难的，难道我要哭一辈子吗？眼泪绝不会使他起死回生。为此，在我还清了欠他的爱情债后，他在地下过他的日子，我想我应当自我安慰一下了。这就是今天你看到的我转变的动机。我要把愁苦一股脑儿抛进汪洋大海。我要你今天晚上来陪陪我，我准备了饭菜，但只有些中国的家乡酒，我人在非洲，特别想尝点你们非洲的美酒。你能拿点来吗？”

非洲魔法师眼看欢愉是如此容易地占领了菩德公主的身心，其高兴是难以用言语来表达的。他想说上几句，以打破尴尬的局面，但他能说的也只有非洲的酒。

“要说非洲的特产，鼎鼎大名的当数美酒。我有一箱上好的特酿，保存在地下室七年没有启封。说它是当今世界上一流美酒，当非言过其实。公主要是同意我离开，我立刻取两瓶过来。”

“劳你自己去取真不好意思，派个人去拿还不行吗？”公主进一步哄他。

“这件事只能由我亲自去办，因为只有我才知道地窖的钥匙放在哪里，也没人会锁那门。”

“既然如此，那就快去快回，你不回来我会等得心焦的。等你回来我们一起吃晚饭。”

非洲魔法师高兴得不知所措，恨不得插翅飞去地窖。

话说魔法师一离开，公主不敢耽搁，亲手把阿拉丁给她的药粉放进一只酒杯里。魔法师很快拿来了一瓶酒，两人对面坐定，他背面是酒食。公主先把桌上的佳肴送过去，说道："我本想给你安排听听音乐，又想房里只有你我两人，说说话更好。”魔法师认定这是公主又一次对他示爱。

两人又吃了一会儿，公主斟酒祝魔法师健康，说道："你说酒好，确是实情，我从未喝过这么香醇的美酒。”“美丽的公主，”魔法师手里拿着公主给他的酒杯，“有了你的认可，我的酒更美更醇了。”“那好，你再喝下这杯祝我健康。”公主又举杯。“你会明白我是懂酒的。”魔法师一口干了杯中物，亮了亮杯底，“我实在是高兴，把酒留到今天这个良辰来享用。过去我可从未喝过如此痛快的酒。”

酒过三巡，公主风情万种的仪态已经彻底征服了面前的非洲人。这时她接过席间侍酒的宫女那只撒了药粉的酒杯，又满满倒了一杯。两人同时举杯时，公主问他：“我不知道夫妻两人同饮交杯酒时，在你们这里是怎么表示相亲相爱的，在中国，夫妻要换酒杯，然后一起喝干。”说着递过手里的杯子，再接过他的。从魔法师方面来说，他更想喝干这杯酒。他兴奋到了极点，把这杯酒看做是彻底征服了公主的象征。他举着杯子说道：“说实话，公主，我们非洲人和中国人不一样，对爱情没有如此精雕细刻，看来我在这方面实在无知。告诉我应该怎么回报你的情意。可爱的公主，喝了你的酒，我将永远不忘今生今世我是怎样从你的……”

菩德公主对这露骨的话已忍无可忍，没等他说完，打断了他的话头，说道：“先喝了，再说你想干什么。”她先把杯举到唇边，魔法师抢在前面，仰脖一饮而尽，喝完了兴犹未尽，还在咂嘴。公主的酒杯一直滞留唇间……这时，她只见魔法师两眼一翻，死人般地跌倒下去。

公主还没来得及下令开门放阿拉丁进来，宫女们早就奔下楼梯，所以，等她刚张口，侧门也同时打开了。

阿拉丁踏进大厅，看见魔法师仰面朝天倒在长椅上。公主见他来，一跃而起，高兴地上前拥抱。但他叫她且慢，说道：“公主呀，现在还不是时候。请你同宫女们暂时退入内室，容我一人在这里，我想马上把你送回中国。”

公主和宫女们立刻进入内室。阿拉丁关好房门，走到魔法师跟前，解开长袍前襟，掏出包得十分严密的神灯。他一擦神灯精魔便出现了。

“精魔，我以你美丽的女主人拥有一半神灯的名义，召唤并命令你：立刻将这座宫殿搬回中国，放在它原先的位置上。”精魔俯首表示服从，然后消失了。俄顷，人们只觉得有两下轻微的震动，这时整座宫殿已经回到了中国王宫前面了。第一下震动是抬，第二下震动是放，间隔非常短促。

这时阿拉丁才进内室去，他紧紧拥抱着公主说道：“你我的欢乐将在明天早晨完全实现。”公主还没怎么吃饭，心想阿拉丁一定也饿了，让人把大厅里没有动过的那桌酒食摆到内室里来。两人心满意足地吃了一顿，对饮了非洲魔法师的陈酿。席间他们兴高采烈地谈天说地。酒足饭饱后，睡意却上来了。

自从阿拉丁的宫殿连带公主失踪后，公主的父亲对失去的爱女朝思暮想，夜里无法入睡。他终日恍惚，日渐消沉。过去每天早上去阁楼是为眺望景色，开阔视野，现在却极度忧伤地站在那里，任凭老泪纵横。他日夜思念着的唯一的掌上明珠已杳如黄鹤，一去不复返。

阿拉丁的宫殿搬回原地后的第二天早上，国王天不亮又上阁楼回想他的伤心往事。他愁苦地抬眼朝旧日王宫所在地的广场望去，料想眼前又会是一片宽阔的荒地。但今天荒地不见了。起初他以为是大雾蔽目，擦擦眼，再仔细一看，眼前不是女婿的宫殿是什么？！欢乐冲散了忧伤，他立马回大殿，备上一匹快马，恨不得一步就飞进阿拉丁的宫里去。

阿拉丁早就预见到事情会发生的。他那天也是天不亮就起床，穿上最华丽的衣衫，站在有二十四扇格窗的顶楼大厅里。他当然看到国王飞马而来，便立刻下楼开门，扶国王下马。“阿拉丁，我要见了女儿以后再和你说话。”

女婿带着丈人进入公主闺房。她在阿拉丁起床时便知道已身在中国京城，早就离开非洲了，所以当国王踏进房门，她也刚好梳洗完毕。国王紧紧抱住女儿，激动得涕泪交流，公主也以同样热情的目光注视着父亲。

国王本以为今生已无缘再见到女儿了，今天忽然重逢，惊喜得半天说不出话来。公主也是喜泪长流，高兴得合不上嘴。

最后苏丹打破了沉默，说道："我相信，你能快快乐乐地来见我，说明你没有受苦，变化也不大。偌大一座宫殿，哪能像你似的，说搬走就搬走，没有一点预兆。你别对我隐瞒什么了，都告诉我。"

公主毫无保留地满足了国王的要求后，她又说道："要说我变化不大，首先应当想到，昨天早上我朝思暮想的丈夫阿拉丁出现后，我才得以新生。也是由于会面的欢乐和拥抱，使我恢复了健康的常态。现在我最大的困惑是发现我受到来自父王你和亲爱丈夫的压力。我不仅考虑对丈夫的喜欢，也想到丈夫为我的苦恼而不安，怕他会受到你愤怒的指责。把我弄走的那个坏蛋没有对我造成多大痛苦，因为我占了主动，经常打断他无礼的言谈，我一直不太紧张。"

"我的失踪和阿拉丁毫无关系，责任全部应由我来负。"为证实她的话，公主把遭难的经过又叙述一遍。她告诉父亲，那个非洲魔法师乔装成灯贩子，用新灯换旧灯；她为了好玩，又不清楚那盏神灯的秘密和重要性，把它拿出去换掉了；魔法师把宫殿连她一起送到非洲。当他第一次胆大妄为地要求和她成婚时，她又如何在两名宫女和侍卫的鼓励下振作起精神对付他；魔法师折磨她直到阿拉丁出现；夫妻两人又怎么合作谋划把魔法师身上的神灯拿回来；两人又怎么商定由她假意邀魔法师吃晚饭，把阿拉丁拿来的药掺在酒里让他喝了……以后的，她让阿拉丁自己对国王讲。

阿拉丁讲得不多，他只说："当边门一开，我快步进入大厅，只见魔法师倒在软椅里。我心想再让公主留在当地是十分不妥的，便请她和宫女们先回避。当厅里只有我一人时，我从魔法师胸前掏出神灯，如法炮制，把宫殿和公主送回了原地。我高兴地按您的吩咐把公主送回到了您面前。愿父王千万别以为我是一派谎言，如若不信，请移步到大厅看看那个罪有应得的魔法师。”

国王相信了阿拉丁的话，起身进入大厅。只见那个魔法师由于毒性发作，脸色青黑，已经死在软椅上。国王见状，深情地抱着阿拉丁，说道：“贤婿，别太在意我对你的态度，这都是由于父爱，请原谅我当时内心的焦虑。”

“父王，我毫无理由抱怨您的行为，一切都是出于您的责任感。这个卑鄙无耻的魔法师是我不幸的总根源，等以后您有了空，我还将把他对我的恶行一一说给您听，其手段之下流是无与伦比的。由于安拉的护佑，我在非常特殊的情况下才得救。”

“好的，我很快会听你说的。”国王安慰他，“不过现在多想想高兴事，别理会这些不痛快了。”

阿拉丁当即下令把魔法师的尸首抬出去，扔在粪堆上听任鸟兽啄食。苏丹同时也传令鼓乐、铙钹齐奏，并告谕举国上下大宴十天，欢庆菩德公主和阿拉丁还宫。

阿拉丁就这样逃过了平生第二次凶险。但事情常是一而再，再而三，下面我再说说他遭受的第三次劫难。

那非洲魔法师有个同胞兄弟，也是个占卜扶乩的巫师，在要诡计害人方面比其兄有过之而无不及。兄弟俩不住在一起，也不在一个城市，经常是你在东我在西，每年靠沙土占卜联络音讯，互报平安，看是否需要对方的帮助。

自从哥哥嫉妒阿拉丁的欢乐二度去中国后，弟弟也去了邻国，但一年来不知哥哥身在何方。弟弟很想弄清楚哥哥究竟在哪里，干些什么，于是便撒开流沙，揣摩图形，最后终于发现哥哥已撒手人寰。他又占了一卜，查出是中毒死于非命，尸体在中国京城。凶手出身低微，但娶了国王的公主。

小魔法师用这种办法得知哥哥死于非命后，他不浪费时间在无谓的愁苦中，他知道再忧愁也无法使哥哥死而复生，现在应当积极地为他复仇。他买了匹马，翻山越岭，过平原穿沙漠，日夜兼程，终于拖着疲惫的身子到了中国。

凭沙盘术，他认定这个京城就是目的地，于是找了家旅店住下来。次日，他走街串巷，漫步街头，目的不在欣赏异国风光，而是聚精会神地设法执行他歹毒的计划。他专往公众场所钻，在人堆里听大家说话。在一家游乐场里，游客三五成群、说说笑笑地玩着各种游戏。他听见旁边桌上有人在议论一个叫法蒂玛的圣女。她不问世事，但做了许多奇迹般的善事。小魔法师觉得这个女人可能是完成他头脑中计划的上好人选，于是把那人拉到一边，请他详细说说这个神圣的女人是谁，做了什么奇事。

"什么，伙计，"被问的茶客惊呼起来，"你从没听说过她？她是我们京城的一支花。她已禁食多年，清心寡欲，生活严谨。除星期一、五外，她脚不出洞。在外面的一两天里，一路上行医积德。一个患偏头痛的人，只消她把手心在他额头上一贴，病症霍然消退。"

小魔法师不想再听什么了，他要打听圣人法蒂玛的住处。茶客不厌其烦地画出了她的地址。他问清楚了如何上路的细节，带着一脑袋精心策划的阴谋去找她。说来也巧，那天正是法蒂玛出巡之日，小魔法师亦步亦趋地跟着走了一天，直走到她居住的洞舍。他观察好了周围环境后走进一家酒肆。天气炎热时，人人都爱在这里喝上几盅，晚上也可以舒适地躺在凉席上歇脚，小魔法师也不例外。那天他在酒肆喝到半夜，付过账，径直往法蒂玛的洞舍走去。洞舍的大门只挂着一根门闩，被他毫不费力地打开了。他轻手轻脚地进去后把门掩上。月光下，只见法蒂玛头倚墙靠在铺着蒲席的软椅上。他跳上一步，手中的匕首抵住她的胸膛。

可怜的法蒂玛睁眼一看，只见一个黑大汉用刀指着她心口要往里扎。

“听着，”他威胁道，“你要敢叫唤，我就立即宰了你。现在快爬起来照我的话去做。”

法蒂玛战战兢兢坐起身来。

“不用这么怕我，”小魔法师安慰她，“我只要你身上的衣服，把你穿的和我换一身。”法蒂玛只得跟他换了。小魔法师又命令她把他的脸化装成和她一模一样。法蒂玛吓得不住发抖，小魔法师安慰她道：“我说了，你什么也不用怕。以安拉的名义担保，我决不会杀你。”法蒂玛点亮油灯，拿出一支笔，蘸了一种溶剂抹在他脸上，向他保证绝不会褪色。这时，小魔法师的脸色已和她的完全一样了。然后她把头巾披在他头上，再加上一层面纱，吩咐他上街时一定要把脸用面纱蒙好。她又把一串念珠挂在他脖子上，珠子垂到腰前，再往他手里塞进她用的拐杖，同时，递给他一面镜子，让他看看他现在的模样。小魔法师一照镜子，活脱脱是个道姑模样，他非常满意。可是他没有对好心的法蒂玛信守自己的誓言，目的达到，便想一刀把她杀了。但他怕血流出去会让人发现，便用绳子把她勒死，将尸体拖出洞舍，扔在屋后的坑里。

乔装打扮的小魔法师干完了这桩骇人听闻的谋杀案，当夜住在法蒂玛的洞舍里。第二天一早，离日出还有两个时辰，尽管那天原本不是圣女的巡游日，小魔法师还是爬出洞舍上了街。他确信不会有人胆敢怀疑他，问他什么。万一有，他也早准备好了答案。小魔法师来京城后的首要任务是找到阿拉丁宫殿。今天他便直奔宫殿而去。

人们一见“圣女”出现在街头，纷纷围了过去，有的求他赐福，有的亲他的手掌，最保守的也吻他的衣裾。头疼脑热、想防病治病的也要求他把手贴在自己的头顶上。小魔法师学圣女的样，口里念念有词，指手画脚……总之，装得一点不露破绽。人人都把他当成了法蒂玛本人。

他停停走走，满足了沿途百姓的要求，反正大家也觉不出他的手势有什么好坏。就这样，小魔法师最后来到了阿拉丁宫前的广场上。围观的群众人山人海，热情有增无减。积极性最高的从人群中冲出一条路，往他身边挤。吵闹喧哗声一浪高过一浪，传进了有二十四扇格子窗的大厅里。公主不明究竟，问出了什么事，但谁也不知道。她派人出去察看并回来报告。有人在窗格里看了便告诉她，宫外广场上人山人海围着圣女法蒂玛，求治头疼脑热。

公主早听说过这位圣女的事迹，但从没有见过面。她怀着极大的好奇心想和她见个面，谈谈心。侍卫长认为这事再简单不过：想见面，把她带进来就是了。公主表示可以。他立刻差四个卫士去请那假法蒂玛前来。

百姓一见卫士过来，不约而同地让出一条路。小魔法师一见心中暗喜，心想计划竟如此轻而易举地即将实现了。

先走近的卫士叫道：“圣女，公主想见你，派我们来接你进宫。”

“公主太抬举我了，我听从公主的命令。”假法蒂玛回答道。说完便随着卫士进宫了。

身披道服、怀着一颗不可告人之心的小魔法师被带到顶层大厅公主跟前。一见公主，他立刻顶首施礼，念了大段经文，祝公主延年益寿，心想事成。接着，他装出一副可怜相，鼓起如簧之舌向公主献媚求宠。这对他来说，不费吹灰之力便办到了。公主以为整个世界都像她那么美妙、仁慈，特别对披着神职外衣、以主为借口的人更是深信不疑，所以一下子就跌进他的圈套里就范了。

假法蒂玛高谈阔论，发表完了他的长篇演说。公主高兴地对他说："好太太，谢谢你的经文，我坚信主会听到的，请过来坐在我的身边。"假法蒂玛温谦地走了过去。"好太太，"公主继续说道，"我只问你一件事，你一定要回答我。我真想和你朝夕相处，这样你能随时告诉我养生之道，我也可以效法你的敬神之心，行吗？"

"公主呀，请不要勉强我做无法答应的事，它会耽误我的祈祷和礼拜。"

"什么也妨碍不了你的，"公主回答说，"我这里有许多空着的房间，完全可以挑一间给你用。你在这里可以像在家里一样自由地做礼拜。"

小魔法师费尽心机要混进阿拉丁宫里执行他的罪恶计划，如今有公主作掩护，能住在宫里不必来回奔波，当然是方便多了，所以他也不再坚持。

"公主呀，像我这样一个贫苦无依的老妇人，早已放弃了世上的荣华富贵，现在我怎能违背如此虔诚慈祥的公主的旨意呢？"

公主听了这话站起身说："来吧，我带你去看看空房间，你尽管挑一套好的。"小魔法师跟着公主看过房间后，从中挑了一套最差的，说道："这间已经足够了。为了不使公主扫兴，我才接受的。"

接着公主又把他带回大厅，请客人一起用餐。但小魔法师考虑到一起吃饭容易暴露自己的真面目，容易让人发现自己是假法蒂玛，便假作诚恳地推谢了。他说他每天只吃少量面包和干果，就这点便餐也希望在自己房里吃。公主一听，说道："好太太，你是完全自由的，像在家里一样随便，不过我吃完了可要马上找你的。"

公主用完餐，让一名侍卫去请圣女法蒂玛过来。

"我的好太太，有你这样的圣女和我做伴我真是高兴。你会为这座宫殿赐福的。说起这座王宫，你喜欢吗？过一会儿我带你去参观。现在先告诉我，这间大厅怎么样？”

一听公主的这个问题，假法蒂玛为了更好地扮演这个角色，赶紧低头看，抬头瞧，从大厅的这头走到那头。他逐段审看完毕后对公主说：“我是不懂这世界上什么叫美的。依我这个凡夫俗子看，这座大厅是最美的地方，可惜缺了一样东西。”

“是什么？好太太请你告诉我。我相信，也听大家说过，这里什么都有了。如真缺什么，我马上可以弄来。”

“请公主宽恕我心直口快，”小魔法师假惺惺地笑着说道，“我觉得，这个厅的拱顶正中央如果能挂一只神鹰蛋，那将举世无双，这座宫殿将是人间奇迹。”

“好太太，神鹰是什么鸟呀？我们上哪里去找它的蛋呢？”

“神鹰是一种硕大无比的飞禽，一般栖息在考卡索山之巅。只有建造你这宫殿的人才能找到一只鸟蛋。”

公主谢过小魔法师的好建议，又和他谈了些别的事。但无论谈什么，她心里总是无法忘怀神鹰蛋的事，她决心等阿拉丁打猎回来后告诉他。阿拉丁已经出去六天了，小魔法师对此了解得一清二楚，他也就是抓住这个机会进来的。

当天晚上，也就是假法蒂玛刚离开公主回房休息时，阿拉丁回来了。他一进宫，立刻就去公主的卧室把公主搂在怀里，亲切地吻了个够。但她神色不安，反应淡漠。“公主，你似乎不像往日那样高兴，我走的这几天发生了什么事，还是有什么不满意的地方？以主的名义起誓，只要在我能力范围内，我一定让你高兴满意。”

“哦，这倒不是一件什么大事，”公主回答道，“不过你却在表情上看出我心里有事。既然你也没有看出这儿有什么不适合的地方，我就不想拿这件微不足道的琐事麻烦你了。我和你一样，相信我们的宫殿是世上最华丽的，收藏最齐全的，”公主继续说道，“今天我又看了一遍有二十四扇格窗的顶层大厅，发现了一个细微的不足之处。你觉得是否在拱顶中央挂上一枚神鹰蛋会更好些？”

“公主，”阿拉丁说道，“就这么点事，那再容易不过了，我稍加努力便可弥补这一缺陷。你要的东西我一定给你弄来。”

阿拉丁走上顶层有二十四扇格窗的大厅，从长袍下拿出神灯。自上次出事后，他一直小心翼翼地灯不离身。一擦拭，精魔便出现在眼前。“精魔，”阿拉丁吩咐道，“拱顶下面需要挂一只神鹰蛋，我以灯主的名义命令你赶快弥补这个缺陷。”话音刚落，只听得精魔扯开洪亮、可怖的嗓音大喝一声，顿时地动山摇，这情景吓得阿拉丁战战兢兢站不起身来。“你这个不知羞耻的人，”精魔的嗓音大得足以使任何人吓破胆，“我和神灯的奴仆都在侍候你，你还不知足吗？可是你听了那个忘恩负义人的话，居然命令我把我主人带来，让你吊在拱顶中央，有这种想法真该把你、你妻子和你的宫殿烧成灰烬。不过你俩都不是主谋，不明其中实情。我现在告诉你，祸首是那个曾毁了你的非洲魔法师的弟弟——小魔法师。他现在在你宫中，披上了法蒂玛的衣衫，圣女已遭他毒手。正是他，唆使你妻子提出这条毒计。他一心要杀你，望多加小心。”话音刚落，精魔便隐身而去。

这番话阿拉丁听得真真切切。他听说过圣女法蒂玛这个人，也知道她为百姓治头痛病的事迹。他回到公主跟前，对刚才的事只字不提。坐下后，说是脑袋突然疼痛不止。公主一听，立刻打发人请圣女法蒂玛上来，同时告诉阿拉丁她是怎么请到圣女并留她在宫里和自己做伴的。

假法蒂玛走入房里，阿拉丁起身相迎，说道：“请过来，法蒂玛太太，这个时候看见你真是三生有幸。我头痛极了，求你大发慈悲，替我祈祷，为我治疗吧。我知道你为无数百姓治愈了头痛病。”说着，站起身，低下头去。

假法蒂玛走上前来，一只手紧握着藏在长袍里的一把匕首。阿拉丁看得清清楚楚，心中早做好防备。他没等对方出刀，一手抓住他的手掌，用力扭到背后，顺手抓住他的刀扎进了其胸膛，当场结果了他的性命。

公主大吃一惊，喊道："我的夫君，你干了什么呀！你杀了圣女！"

"我的公主，我杀的不是法蒂玛，"阿拉丁不动声色，"我杀的是一个罪大恶极的罪犯。如果我不动手，我就会死在他的刀下。这个该死的坏种蒙了面，化了装，杀了真正的法蒂玛，换上了她的衣衫，混进宫里想来害我。你应该知道，这个人不是别人，正是非洲魔法师的弟弟。"阿拉丁于是把如何了解到这些细节的过程都告诉了公主，并吩咐把小魔法师的尸首移走。

以上就是阿拉丁逃脱魔法师兄弟俩毒手的故事。几年后，国王无疾而终，他没有子嗣，巴德露·菩德公主合法地继承了王位，她授权给阿拉丁，这样夫妻共同执政多年。两人子孙绵延，代代相传。

陆孝修　译